PRECIOSA

PRECIOSA

Sapphire

PRECIOSA

Tradução de
Alves Calado

7ª EDIÇÃO

EDITORA RECORD
RIO DE JANEIRO • SÃO PAULO
2015

CIP-BRASIL. CATALOGAÇÃO NA FONTE
SINDICATO NACIONAL DOS EDITORES DE LIVROS, RJ.

S244p
7ª ed.
Sapphire, 1950-
Preciosa / Sapphire; tradução Alves Calado. —
7ª ed. — Rio de Janeiro: Record, 2015.

Tradução de: Push
ISBN 978-85-01-08539-9

1. Negros — Estados Unidos — Ficção. 2. Vítimas de abuso sexual — Ficção. I. Alves-Calado, Ivanir, 1953-. III. Título.

09-6566

CDD: 813
CDU: 821.111(73)-3

TÍTULO ORIGINAL EM INGLÊS:
Push

Copyright © 1996 Sapphire/Ramona Lofton
Publicado mediante acordo com a Lennart Sane Agency AB.

Texto revisado segundo o novo Acordo Ortográfico da Língua Portuguesa.

Foto da autora: Thomas Sayers Ellis
Diagramação: editoriarte

Todos os direitos reservados. Proibida a reprodução, no todo ou em parte, através de quaisquer meios.

Direitos exclusivos de publicação em língua portuguesa
somente para o Brasil adquiridos pela
EDITORA RECORD LTDA.
Rua Argentina 171 — Rio de Janeiro, RJ — 20921-380 — Tel: 2585-2000
que se reserva a propriedade literária desta tradução

Impresso no Brasil

ISBN 978-85-01-08539-9

Seja um leitor preferencial Record.
Cadastre-se e receba informações sobre
nossos lançamentos e nossas promoções.

EDITORA AFILIADA

Atendimento e venda direta ao leitor:
mdireto@record.com.br ou (21) 2585-2002

Para as crianças de toda parte.
E para meus professores Eavan Boland,
James D. Merritt e,
mais especialmente,
Susan Fromberg Schaeffer.

AGRADECIMENTOS

Gostaria de agradecer e prestar meu reconhecimento a Susan Fromberg Schaeffer, Victoria Wilson, Charlotte Sheedy, Neeti Madan, Catherine McKinley, Jacqueline Woodson, Ellen Ray, Sheilah Mabry, Eve Ensler e Kimberly Goodman.

Também gostaria de agradecer e prestar meu reconhecimento à Millay Colony e ao The Writers Room.

*Se sois um daqueles cujo coração manteve puras
As formas santas da imaginação juvenil,
Estranho! estais avisado; e sabei, que o orgulho,
Ainda que disfarçado de sua própria majestade,
É pequenez; que quem sente desprezo
Por qualquer coisa viva, tem faculdades
Que jamais usou; aquele pensamento com ele
Está em sua infância. O homem, cujo olhar
está sempre em si mesmo, olha de fato para uma,
A menor das obras da natureza, uma que pode levar
O homem sábio àquele escárnio que a sabedoria considera
Ilegal, sempre. Ah, sede sábio!
Sabei que o verdadeiro conhecimento leva ao amor...*

WILLIAM WORDSWORTH

Toda folha de grama tem seu Anjo que se curva sobre ela e sussurra: "Cresce, cresce."

O TALMUDE

Eu levei bomba quando tava com 12 anos por causa que tive um neném do meu pai. Foi em 1983. Fiquei um ano fora da escola. Esse vai ser meu segundo neném. Minha filha tem Sindro de Dao. É retardada. Levei bomba na segunda série também, quando tinha 7 anos, porque não sabia ler (e ainda mijava nas calças). Eu devia tá na décima primeira série, estudando pra ir pra décima segunda série pra poder me formar. Mas não tô. Tô na nona série.

Fui suspensa da escola por causa que tô grávida e acho que isso não tá certo. Eu não fiz nada!

Meu nome é Claireece Precious Jones. Não sei por que tô contando isso. Acho que é porque não sei até onde vou com essa história, nem sei se isso é uma história nem por que tô falando; nem se vou começar do começo ou daqui desse ponto ou daqui a duas semanas. Daqui a duas semanas? Claro, a gente podemos fazer o que quiser quando tá falando ou escrevendo, não é que nem viver, quando a gente só podemos fazer o que tá fazendo. Tem gente que conta uma história que não faz nenhum sentido nem é de verdade. Mas eu vou tentar fazer sentido e contar a verdade, se não de que porra adianta? Já não tem mentira e merda demais por aí?

    Bom, é isso aí, é quinta-feira, 24 de setembro de 1987 e eu tô andando pelo corredor. Tô com aparência legal, cherando bem — refrescante, limpa. Tá quente mas eu não tiro a jaqueta de couro mesmo com esse calor, ela podia ser roubada ou perdida. O Sr. Wicher diz que é canícula. Não sei por que ele chama assim. Ele quer dizer é que tá *quente*, 32 graus, tipo dia de verão. E não tem nenhum, tô falando: *nenhum mesmo*, ar-condicionado nesse prédio escroto. O prédio que tô falando, claro, é a escola 146 na rua 134 entre a avenida Lenox e o bulevar Adam Clayton Powell Jr. Tô andando pelo corredor, indo pro primeiro período de matemática. Não faço ideia por que eles botam uma merda tipo matemática no primeiro período. Talvez para se livrar logo daquilo. Na verdade nem me incomodo tanto assim com matemática que nem eu achava. Eu só entro na sala do Sr. Wicher e sento. A gente não tem lugar fixo na sala do Sr. Wicher, cada um pode sentar onde quiser. Eu sento na mesma carteira todo dia, no fundo, na última fila, perto da porta. Mesmo sabendo que a porta de trás fica trancada. Não falo nada de nada. Ele não fala nada comigo, *agora*. No primeiro dia ele falou:

— Turma, abram o livro na página 122, por favor.

    Não me mexi. Ele disse:

— Srta. Jones, eu *disse* para abrir o livro na página 122.

    E eu disse:

— Filho da puta, não sô surda!

A turma toda caiu na gargalhada. Ele ficou vermelho. Bateu a mão com força no livro e disse:

— Tente ter um pouco de disciplina.

Ele é um branco nanico e magricela, deve ter tipo 1,60m. Um branquelo xexelento, como diria minha mãe. Olhei pra ele e disse:

— Eu também sei bater. Cê quer bater? — Aí peguei meu livro e bati na mesa com força. A turma riu mais um pouco.

Ele disse:

— Srta. Jones, eu agradeceria se saísse da sala AGORA.

E eu disse:

— Não vô pra porra de lugar nenhum até a campainha tocar. Vim aqui pra aprender matemática e você vai me ensinar. — Ele parecia uma cachorra que acabou de ser atropelada por um trem. Não sabia o que fazer. Ele tentou recuperar a pose, bancar o maneiro, disse:

— Bom, se quer aprender, acalme-se.

Falei:

— Eu tô calma.

Ele disse:

— Se quer aprender, cale a boca e abra o livro.

O rosto dele tava vermelho, ele tava tremendo. Eu dei pra trás. Ganhei a briga. Acho.

Eu não queria prejudicar ele nem deixar ele sem graça daquele jeito, sabe. Mas não podia deixar ele saber, ninguém saber, que a página 122 era igual à página 152, 22, 3, 6, 5 — todas as página era igual pra mim. E eu quero aprender mesmo. Todo dia eu digo a mim mesma que· alguma coisa vai acontecer, alguma merda tipo naqueles programas de televisão. Vou me dar bem ou alguém vai fazer eu me dar bem — vou aprender, alcançar a turma, ser normal, mudar pra uma carteira na frente da sala. Mas, de novo, não foi naquele dia.

Mas era do primeiro dia que eu tava falando. Hoje não é o primeiro dia e como eu falei estava indo pra aula de matemática quando a Sra. Lichenstein me puxou do corredor pra sala dela. Fiquei puta da vida de verdade porque eu até gosto de matemática, mesmo não fazendo nada, nem abro meu livro, só fico lá sentada durante 50 minutos. Não crio encrenca. Na verdade uns outros nativo fica chateados porque eu pego no pé deles. Digo: "Cala a boca, seus filho da puta, tô tentando aprender alguma coisa." Primeiro eles ri tipo tentando me fazer sacanear o Sr. Wicher e atrapalhar a aula. Então eu levanto e falo: "Cala a boca, seus filho da puta, tô tentando aprender alguma coisa." A negada aprontando fica toda confusa, o Sr. Wicher fica confuso. Mas eu sou grande, tipo 1,77m, peso mais de 100 quilos. A galera tem medo de mim.

— Criolo babaca — digo pra um cara que ficou de pé. — Senta aí, para de bancar o idiota. — O Sr. Wicher me olha confuso mas agradecido. Eu sou os polícias do Sr. Wicher. Mantenho a lei e a ordem. Eu gosto dele, finjo que ele é meu marido e que a gente mora junto em Weschesser, sei lá onde é isso.

Pelos olho dele dá pra ver que o Sr. Wicher também gosta de mim. Eu queria dizer pra ele que todas as página são igual pra mim, mas não posso. Tô tirando notas bem boas. Geralmente eu tiro. Só quero sair da porra da Escola 146 e ir pro colégio de ensino médio e pegar meu diploma.

Bom, de qualquer modo, tô na sala da Sra. Lichenstein. Ela tá me olhando, eu tô olhando pra ela. Não falo nada. Até que ela diz:

— Então, Claireece, vejo que estamos esperando um pequeno visitante.

Mas não é tipo uma pergunta, ela tá é me dizendo. Continuo sem falar nada. Ela fica me olhando de trás daquela mesona de madeira, tá com os braço de cadela branca cruzados em cima da mesa.

— Claireece.

Todo mundo me chama de Precious. Eu tenho três nomes: Claireece Precious Jones. Só os escroto que eu odeio me chama de Claireece.

— Quantos anos você tem, Claireece?

A piranha branca tá com minha ficha na mesa. Eu tô vendo. Não sô tão lesada assim. A vaca sabe quantos anos eu tenho.

— Dezesseis anos é ahhh bem ahhh — ela pigarreia — *velha* para estar no ensino fundamental.

Continuo não falando nada. Se ela sabe tanto, que fale.

— Ora, você está grávida, não está, Claireece?

Agora ela tá perguntando. Há uns segundos a puta *sabia* que eu tava.

— Claireece?

Ela tá tentando falar toda mansinha e coisa e tal.

— Claireece, estou falando com você.

Continuo não falando nada. Essa puta não tá me deixando ir pra aula de matemática. O Sr. Wicher gosta de mim lá, precisa de mim pra manter aqueles criolo aprontador na linha. Ele é maneiro, usa terno *todo* dia. Ele não vem pra escola mal-arrumado que nem uns outros professor escrotos.

— Não quero perder mais aula de matemática — digo pra vaca idiota da Sra. Lichenstein.

Ela me olha como se eu tivesse dito que queria chupar um pau de cachorro ou alguma merda assim. Qual é a desse balde de buceta? (É assim que minha mãe chama as mulher de quem ela não gosta: balde de buceta. Eu meio que saco e meio que não saco o que é isso, mas gosto do som, por isso também digo.)

Me levanto pra sair, a Sra. Lichenstein me pede pra sentar por favor, ainda não acabou comigo. Mas eu acabei com ela, é isso que ela não saca.

— Este é o seu *segundo* bebê? — ela pergunta. Eu fico pensando o que mais tá escrito naquela ficha que tem o meu nome. Odeio ela. — Acho que a gente deveria ter uma reunião, Claireece. Eu, você e sua mãe.

— Pra quê? Eu não fiz nada. Eu faço meu dever. Não crio encrenca. Minhas nota são tudo boa.

A Sra. Lichenstein me olha como se eu tivesse três braços, fedor saindo da buceta ou sei lá o quê.

Sinto vontade de falar: o que minha mãe vai fazer? O que ela vai fazer? Mas não falo. Só falo:

— Minha mãe tá ocupada.

— Bom, talvez eu possa dar um jeito de ir à sua casa... — A expressão da minha cara deve ter acertado ela, e é isso que eu ia fazer se ela falasse mais uma palavra. Ir na minha casa! Puta branca enxerida! Acho que não! A gente não vai na sua casa em Weschesser ou sei lá em que porra de lugar que vocês, malucos, mora. Olha só, já tô de saco cheio de escutar isso; a vaca branca quer fazer uma visita. — Bom, então, Claireece, acho que terei de suspender você.

— Por quê?

— Você está grávida e...

— A senhora não pode me suspender por causa que eu tô grávida, eu tenho direitos!

— Sua atitude, Claireece, é de total falta de cooperação...

Estico a mão por cima da mesa. Eu ia arrancar aquela bunda gorda da cadeira. Ela cai para trás tentando se afastar de mim e começa a gritar:

— SEGURANÇA, SEGURANÇA!

Eu saí pela porta e já tava na rua e ainda tava ouvindo aquela babaca gritando "SEGURANÇA, SEGURANÇA!".

— Precious! — Essa é minha mãe me chamando.

Não falo nada. Ela tava olhando minha barriga. Sei o que vem por aí. Fico lavando os prato. Comemos frango frito, purê de batata, molho, vagem e pão de forma no jantar. Não sei com quantos meses tô de gravidez. Não quero ficar ali parada e escutar minha mãe me chamar de vagabunda. Ficar berrando o dia inteiro que nem que ela fez na última vez. Vagabunda! Puta desgraçada! O que você andou fazendo? Quem! Quem!

Queeeeem, que nem a coruja no filme da Disney que eu vi uma vez. Queeeem! Cê quer saber quem?

— Claireece Precious Jones, tô falando com você!

Continuo sem responder. Eu tava parada perto dessa pia na outra vez quando que eu tava grávida e as dor chegaram: *tum!* Ahh tum! Nunca senti merda nenhuma assim antes. Começou a brotar suor na testa, uma dor que nem fogo tava me comendo por dentro. Só fiquei ali parada e a dor me batia, então a dor sentava, depois a dor levantava e me batia com mais força! E ela ali parada *berrando* comigo:

— Vagabunda! Vagabunda desgraçada! Sua vaca escrota! Não acredito, bem debaixo do meu nariz. Você andou dando por aí.

A dor me bate de novo, depois *ela* me bate. Eu tô no chão, gemendo.

— Mamãe por favor, mamãe por favor, por favor mamãe! Mamãe! Mamãe! MAMÃE! — Então ela me CHUTA no lado da cara!

— Puta! Puta! — ela fica berrando. Então a Sra. West que mora no nosso andar bate na porta, gritando:

— Mary! Mary! O que cê tá fazendo? Cê vai matar essa menina! Ela precisa de ajuda, não de surra, cê tá maluca?

Mamãe fala:

— Ela devia tê contado que tava grávida!

— Jezus Mary, você não sabia. *Eu* sabia, o prédio inteiro sabia. Cê tá maluca...

— Não venha me falar da minha própria filha...

Agora a Sra. West tá gritando:

— Liga pra emergência! Liga pra emergência! Liga pra emergência! — Ela chama mamãe de idiota.

Agora a dor tá andando em cima de mim. Pisando em mim. Não consigo ver nem escutar, só fico gritando:

— Mamãe! Mamãe!

Uns caras, daqueles cara de ambulância, não vi nem ouvi quando chegaram. Mas levanto a cabeça no meio da dor e ele tá ali. Um chicano com uniforme do serviço de saúde. Ele me empurra pra trás num travesseiro. Tô que nem uma bola, de tanta dor. Ele diz:

— RELAXA!

A dor me cravando que nem uma faca e aquele cucaracha falando em relaxar.

Ele encosta a mão na minha testa e põe a outra no lado da minha barriga.

— Qual é o seu nome?

— Hein?

— O seu nome.

— Precious.

Ele fala:

— Precious, ele já tá quase aqui. Quero que você faça força, tá ouvindo chica? Quando essa merda acertar você de novo, você vai junto e força, Prechosita. *Força.*

E eu forcei.

E depois disso vivo sempre procurando alguém com a cara e os olho dele no meio dos chicano. Ele tem cor de café com leite, cabelo bom. Lembro disso. Deus. Achei que ele era Deus. Nenhum homem nunca foi legal comigo assim antes. Pergunto por ele no hospital.

— Cadê o cara que me ajudou?

Eles diz:

— Quieta, menina, você acabou de ter um bebê.

Mas não posso ficar quieta porque eles fica me fazendo perguntas. Meu nome? Precious Jones. Claireece Precious Jones pra ser exata. Data de nascimento? 4 de novembro de 1970.

— *Aqui* — falo —, bem aqui no Hospital do Harlem.

— *Mil novecentos e setenta?* — a enfermeira fala baixo, confusa. Depois diz: — Quantos anos você tem?

Eu digo:

— 12.

Eu era gorda com 12 anos também, ninguém sacava que eu tinha 12 se eu não falasse. Sou alta, só sei que tenho mais de 100 quilos porque a agulha da balança no banheiro para aí e não vai mais longe. Na última vez que quiseram me pesar na escola eu disse que não. Por quê, sei que eu sô gorda. E daí? Próximo assunto do dia.

Mas ali não é a enfermeira da escola, é o Hospital do Harlem onde eu nasci, pra onde que eu e meu neném fomos levado depois que ele nasceu no chão da cozinha na avenida Lenox 444. Essa enfermeira é uma mulher magra cor de manteiga. É mais clara que muita mulher chicana mas eu sei que ela é preta. Dá pra ver. Tem alguma coisa em ser criola e não é a cor. Essa enfermeira é que nem eu. Um monte de gente preta com chapéu de enfermeiro, carro grande ou pele clara é que nem eu mas não sabe disso. Tô tão cansada que só quero sumir. Quero que a Sra. Manteiga me deixe em paz mas ela só fica me olhando, com os olho crescendo e crescendo. Ela diz que precisa de mais informações pra certidão de nascimento.

Ainda tô meio besta porque tive um neném. Bom, eu sabia que tava grávida, sabia como que fiquei grávida. Sabia que se um homem enfia o pau em você, jorra coisa branca na sua xota, você pode ficar grávida. Agora eu tinha 12 anos, sabia disso desde uns 5 ou 6, talvez eu sempre sabia sobre buceta e pau. Não lembro quando não sabia. Não, não lembro de um tempo quando que eu não sabia. Mas era só isso que eu sabia. Não sabia quanto tempo demorava, o que acontecia lá dentro, nada, não sabia nada.

A enfermeira tá dizendo uma coisa que eu não escutei. Ouço a garotada na escola. Um garoto dizendo que eu sô feia de rir. Ele diz:

— Claireece é feia de rir.

O amigo dele diz:

— Não, essa puta gorda é feia de chorar.

De rir de rir. Não sei por que tô pensando agora naqueles garotos idiotas.

— Da mãe — diz ela. — Qual é o nome da sua mãe?

— Mary L. Johnston. — (*L* de Lee, mas minha mãe não gosta de Lee, porque parece muito caipira.)

— Onde sua mãe nasceu?

— Greenwood, Mississippi.

A enfermeira diz:

— Você já esteve lá?

Eu digo:

— Não, nunca tive em lugar nenhum.

Ela diz:

— Tô perguntando porque eu também sou de Greenwood, Mississippi.

Eu digo:

— Ah — porque sabia que eu tinha de falar alguma coisa.

— Do pai — diz ela. — Qual é o nome do seu pai?

— Carl Kenwood Jones, nascido no Bronx.

Ela diz:

— Qual é o nome do pai do bebê?

Eu digo:

— Carl Kenwood Jones, nascido no Bronx.

Ela fica quieta, quieta. Diz:

— Que vergonha, isso é uma vergonha. 12 anos, 12 anos — ela fica repetindo como se tivesse maluca (ou em choque ou sei lá o quê). Ela me olha, pele de manteiga, olho claro, sei que os homem adora ela. Ela diz: — Algum dia você, quero dizer, você já foi criança? — Que pergunta idiota, se eu já fui criança? Eu *sô* criança.

Eu tô confusa, cansada. Falo que queria dormir. Ela baixa a cama pra eu dormir.

Tem mais alguém lá quando acordo. É tipo a polícia ou sei lá o quê. Querem fazer umas pergunta. Pergunto:

— Cadê meu neném? Sei que eu tive um neném. Eu sei.

Uma pessoa nova de chapéu de enfermeira dá um riso doce e diz:

— É, você teve, Srta. Jones. Teve mesmo. — Ela afasta os homem com uniforme pra longe da minha cama. Diz que meu neném tá na UTI especial e que eu vou ver ela logo e pergunta se posso responder as pergunta daqueles homem legal. Mas eles não são legal. São cana. Não tô maluca. Não digo nada pra eles.

— Precious! Precious! — Minha mãe tá berrando mas minha cabeça não tá aqui, tá quatro anos atrás quando tive o primeiro neném. Eu tava parada perto da pia quando a dor me bateu e ela bateu em mim. — Precious!

Minha mão escorrega pra dentro da água da pia, pega a faca de cortar carne. É melhor ela não me bater, não tô mentindo! Se ela me bater, eu furo ela, furo mesmo!

— Precious! Você perdeu a cabeça? Tá aí parada olhando pro espaço. Tô falando com você!

Alguma coisa assim. Eu digo:

— Eu tava pensando.

— Tá pensando enquanto falo com você?

Ela fala isso que nem se eu tivesse queimando notas de 100.

A campainha toca. Fico pensando quem é. Ninguém toca nossa campainha, a não ser os viciado em crack, tentando entrar no prédio. Odeio os viciado em crack. Eles são a negação da raça. Ela diz:

— Vá dizer a esses escroto pra parar de tocar a campainha. — Ela tá mais perto da porta que eu mas minha mãe não se mexe se não for obrigada. Sério. Quando vou atender noto que eu ainda tô segurando a faca. Às vezes odeio minha mãe. Às vezes acho que ela é feia.

Aperto o botão do interfone e berro:

— Para de tocar a porra da campainha seu filho da puta! — E volto pra cozinha pra acabar de lavar os prato.

A campainha toca de novo. Eu volto.

— Para de tocar a porra da campainha — repito. O filho da puta toca de novo. — Para! — Ela toca *de novo*. — PARA! — grito de novo. Ela toca de novo. Minha mãe pula e diz:

— Aperta o botão de ouvir, sua idiota! — Quero dizer que não sou idiota mas sei que sou, por isso não falo nada, porque também não quero que ela bate em mim, porque eu sei, pela minha mão dentro da água segurando a faca de cortar carne, que tô cheia de apanhar. Vou furar ela se ela bater de novo na Precious Jones. Aperto o botão de ouvir.

— É Sondra Lichenstein para falar com Claireece Jones e a Sra. Mary Johnston. — *A sra. Lichenstein!* O que a piranha quer? Dessa vez tá a fim de levar uma porrada de verdade.

— Quem é, Precious? — minha mãe pergunta.

Eu digo:

— Uma vaca branquela da escola.

Minha mãe diz:

— O que ela quer?

— Não sei.

— Pergunta pra ela.

Aperto o botão de falar e digo:

— O que você quer?

Depois aperto o botão de ouvir e a Sra. Lichenstein diz:

— Quero falar sobre seus estudos.

Essa vaca tá pirada. Eu tava indo na escola todo dia até que a vaca peidona me pegou no corredor, fudeu com a minha cabeça, fez eu partir pra cima dela, me suspendeu da escola só porque tô grávida. Você sabe, *acabou* com meus estudo. Agora traz essa bunda branca lá da avenida Lenox falando que quer falar comigo sobre os meus estudo. Meu Deus, cadê os viciado em crack quando a gente precisa deles?

— O que está acontecendo, Precious? — minha mãe pergunta. Minha mãe não quer nenhuma merda branquela tipo Sra. Lichenstein assistente social professora metendo o nariz aqui. Minha mãe não quer ser cortada. Quer dizer, da previdência social. E é nisso que dá umas merda branca que nem a Sra. Lichenstein aparecer aqui. Se eu não tivesse grávida e tendo dificuldade com a escada, ia descer correndo e encher ela de porrada.

Minha mãe diz:

— Dá o fora nessa vaca.

Eu digo no interfone:

— Hasta la vista, baby. — É tchau em espanhol mas quando os criolo fala, é tipo: não enche o saco. A campainha toca de novo. Não acredito nessa piranha retardada. Aperto o botão de falar e digo: — Sai daqui, Sra. Lichenstein, antes que eu chute sua bunda. — A campainha toca. Aperto o botão de ouvir.

— Claireece, sinto muito pelo que aconteceu na quinta-feira. Eu só queria ajudar você. Eu... O Sr. Wicher disse que você é uma das melhores alunas dele, que você tem aptidão para matemática. — Ela para como se tivesse pensando no que falar, depois diz: — Eu liguei para a Srta. McKnight, da Educação Alternativa/ Cada Um Ensina a Um. É uma escola alternativa. — Ela para de novo, diz: — Claireece, está ouvindo?

Aperto o botão de falar.

— Tô.

— Certo, como eu estava dizendo, liguei para a Srta. McKnight na Cada Um Ensina a Um. Fica no décimo nono andar do Hotel Theresa na rua 125. Não é muito longe daqui.

Aperto o botão de falar.

— Eu sei onde é o Hotel Theresa — digo a ela, vaca, digo pra mim mesma. Ela diz:

— O número de telefone é 555-0831. Falei com eles sobre você. — A Sra. Lichenstein para. — Telefone ou passe lá, no décimo nono andar. — Aperto o botão de falar e digo que tinha ouvido da primeira vez. Meu coração tá todo quente — metade pelo menos está, pensando que o Sr. Wicher disse que eu sou boa aluna. A outra metade seria capaz de pular do meu peito e dar um pontapé na bunda da Sra. Lichenstein. Ela não apertou mais a campainha, de modo que acho que ela sacou a mensagem.

Vou dormir pensando no décimo nono andar do Hotel Theresa, uma alternativa. Não sei o que é uma alternativa, mas acho que eu quero saber. Décimo nono andar, são as últimas palavra que penso antes de dormir. Sonho que tô num elevador subino, subino, subino tão alto que acho que vou morrer. O elevador abre e é o homem cor de café com leite das terras que fala espanhol. Reconheço ele de quando eu tava tendo meu neném sangrando no chão da cozinha. Ele pôs a mão na minha testa de novo e falou baixinho:

— Força, Precious, você tem que *forçar*.

Acordo lembrando a última vez que eu forcei. Foi dois dias antes que eles trouxe o neném pra mim e fiquei sabendo o que queria dizer "um probleminha respiratório". Tento estender os braço mas tô cansada, nunca tive tão cansada na vida. A enfermeira Manteiga e uma enfermeira preta baixinha tão parada ali perto da minha cama. A enfermeira preta segura o neném. A enfermeira Manteiga enfia a mão embaixo das coberta e pega minha mão. Eu fecho as mão com força. Ela esfrega as mão no meu punho até eu abrir. A enfermeira Manteiga olha para a outra enfermeira nos olho e a enfermeira preta vai me entregar minha neném, mas a Manteiga pula e tira ela dela.

— Tem alguma coisa errada com sua neném. — A enfermeira Manteiga fala que nem os pombo, baixinho, tipo grruu grruu. — Mas ela tá viva. E é sua. — E ela me entrega a neném. A cara da neném é achatada que nem uma panqueca, os olho puxado que nem dos coreano, a língua entrando e saindo que nem uma cobra.

— Mongoloide — a outra enfermeira diz. A enfermeira Manteiga olha séria pra ela.

Eu pergunto:

— O que aconteceu?

— Bom, um monte de coisas — ela diz. — O médico vai falar com mais detalhes com você, Srta. Jones. Parece que seu bebê tem síndrome de Down e pode ter sofrido privação de oxigênio ao nascer. Além disso, você é muito nova, esse tipo de coisa acontece mais com pessoas muito jovens. — Ela pergunta: — Você se consultou com um médico enquanto estava grávida?

Não respondo nada, só estendo a neném pra ela pegar. A enfermeira Manteiga balança a cabeça pra enfermeira baixinha e preta que leva a neném embora. A enfermeira Manteiga senta na beira da cama. Tá tentando me abraçar. Não quero isso. Ela encosta a mão no lado da minha cara.

— Lamento muito, Srta. Jones, lamento *muitíssimo*. — Tento me virar pra longe daquela criatura do Mississippi, mas agora ela tá *na* cama puxando meu peito e meus ombros pros braços dela. Sinto o cheiro da loção dela e bafo de chiclete tutifruti. Sinto uma bondade quente vindo dela, que nunca senti com mamãe, e começo a chorar. Só um pouquinho a princípio, depois choro e choro, *tudo* dói, entre as pernas, o azul-preto no lado da minha cabeça onde mamãe me chutou, mas Manteiga não vê e fica me apertando ali. Tô chorando por causa da neném feia, depois esqueço a neném feia, tô chorando por mim que ninguém nunca me abraçou antes. Papai bota o negócio de fazer xixi fedorento na minha boca, na minha buceta, mas nunca me abraça. Eu me vejo, na primeira série, vestido rosa com o negócio sujo de esperma em cima. Ninguém penteia meu cabelo. Segunda série, terceira série, quarta série tudo parece que nem uma noite escura. Gente falando coisas que não faz sentido, bolas quicando, preencher na linha pontilhada. Forma? Cor? Quem se importa que merda roxa é um quadrado ou um círculo, se é roxo ou azul? Que diferença faz se a casinha de pão de ló tá na parte de cima ou de baixo da folha? Eu sumo do dia, largo tudo: livro, boneca, corda de pular, minha cabeça, eu. Acho que não vou levantar a cabeça de novo até o pessoal da emergência me achar no chão, e agora essa enfermeira tá me dizendo:

— Olhe para mim, querida, você vai superar isso. Você vai realmente superar isso.

Olho pra ela mas vejo o sapato de mamãe vindo pro lado da minha cabeça que nem uma bala, o pau de Carl balançando na minha cara e agora a neném de cara chata com os olho que nem dos coreano.

— Como? — pergunto a ela. — Como?

Depois que eu cheguei do hospital, a neném foi morar na esquina da rua 150 com a avenida Nichols com a minha avó, mas mamãe disse pra previdência que a neném mora com a gente e ela cuida dela enquanto que fico na escola. Uns três mês depois que a neném nasceu, eu ainda tinha 12 anos nesse tempo, mamãe me deu um tapa. COM FORÇA. Depois pegou uma frigideira de ferro, graças a Deus não tinha gordura quente dentro, e me bateu com tanta força nas costa que eu caí no chão. Depois me chutou nas costelas. Depois disse:

— Obrigada, dona Claireece Precious Jones por fuder com meu marido, sua putinha suja! — Eu achei que ia morrer, não conseguia respirar, o lugar onde eu tive a neném doía. — Sua puta gorda vagabunda! Piranha preta porca! Ele me abandonou! Ele me deixou por sua causa. O que você contou pros filho da puta na merda do hospital? Eu devia MATAR você! — ela ficou berrando pra mim.

Tô caída no chão tremendo, chorando, com medo dela me matar.

— De pé, dona Galinhona — mamãe diz. — Levanta essa bunda de Jezebel e faz a janta antes que eu lhe dê motivo pra chorar.

Por isso eu levanto do chão e faço a janta. Couve, pé de porco, pão de milho, tortinha de maçã frita e macarrão com queijo. Tô na cozinha tem duas horas. Sei disso, apesar que eu não sei ver a hora muito bem, porque o cara do rádio disse que era quatro hora, disse umas notícia, tocou música e quando estou fazendo o prato de mamãe o cara diz que é seis hora. Meu pescoço, meu ombro e minhas costa parece que foram atropelado por um carro. Levo um prato pra mamãe, coloco na frente dela numa bandeja de TV.

— Cadê o seu? — mamãe grita.

— Não tô com fome.

Faíscas vermelha de diabo aparecem nos olho de mamãe, uma ruga enorme na testa dela fica mais funda. Tô apavorada.

— Eu... meu ombro tá doendo... quero deitar.

— Não tem nada errado com seu ombro, eu nem encostei em você! Vai pegar um prato e para de bancar a idiota antes que eu machuque seu ombro.

Volto pra cozinha e faço um prato pra mim. Mamãe berra:

— Margarina! Traz margarina e molho apimentado.

Por isso eu levo a margarina e o molho apimentado. Depois vou pegar meu prato e sento com ela. Couve, pão de milho, pé de porco, macarrão com queijo; como porque ela manda. Não sinto gosto de nada. A dor no ombro tá latejando, subindo pelo pescoço. Uns branquelo tão se beijando na televisão.

— Ah, ele não é bonitinho? — Mamãe fica toda babona por causa de um cara preto num anúncio de cerveja. Eu não gosto de cerveja. — Pega mais um pouco pra mim. — Mamãe empurra o prato na minha direção. — E pega mais pra você.

— Não quero mais.

— Não me ouviu?

Por isso eu levanto, pego o prato dela e o meu e levo pra cozinha. Tô tão cheia que posso estourar. Olho pra mamãe. Morro de medo só de olhar pra ela. Ela ocupa metade do sofá, os braço dela parece uns braço de gigante, as perna, que ela sempre deixa abertas, parece uns tronco de árvore feio. Trago o prato dela de volta.

— Não tem mais tortinha?

— Tem — respondo.

— Traz umas pra mim quando trouxer seu prato de volta e depressa antes que lhe dê um pontapé nessa bunda idiota.

Então eu *volto* pra cozinha, pego as torta pra ela, encho meu prato mais alto do que da primeira vez, sei que se eu não fizer isso ela vai me fazer voltar de novo. Coloco as tortinha dela na bandeja. Tento não olhar pra ela. Tento olhar os brancos na TV correndo na areia da praia. Tento não ver a gordura escorrendo no queixo de mamãe, tento não ver ela pegar um pé de porco inteiro com a mão, tento não ver eu fazendo a mesma coisa. Comendo, primeiro porque ela obriga, me bate se eu não comer, depois comendo com esperança que a dor no pescoço vai embora. Fico comendo até que a dor, a luz cinza da TV e mamãe vira tudo um borrão; e só caio pra trás no sofá tão cheia que parece que eu tô morrendo e durmo, como sempre; quase. *Quase* durmo; dessa vez a dor no ombro não me deixa apagar de vez. Sinto a mão de mamãe entre minhas perna, subindo pela coxa. A mão dela para, ela tá se preparando pra me beliscar se eu me mexer. Só fico parada parada, fico com os olho fechado. Dá pra ver que agora a outra mão de mamãe tá entre as perna dela porque o cheiro enche a sala. Mamãe não cabe mais na banheira. Dorme, dorme, *dorme*. Digo pra mim mesma. A mão de mamãe é que nem aranha rastejando, subindo pelas minhas perna, entrando na minha buceta. Deus por favor. Digo obrigado deus enquanto caio no sono.

Tô com 12 anos, não, eu *tava* com 12 anos quando aconteceu aquela merda. Agora tô com 16. Mais ou menos nas últimas duas semana, desque a vaca branca da Lichenstein me chutou da merda da escola, tudo ficou misturado na minha cabeça: 1983 e 1987, 12 anos e 16 anos, primeiro neném e esse que tá chegando. Mamãe acabou de me bater com a frigideira? A neném, novinha em folha e enrolada nas manta branca, ou gorda e de olho morto deitada num berço na casa da minha avó. Tudo parece roupa numa máquina de lavar na lavanderia self-service, rodando e rodando. Num minuto é o pé da mamãe acertando o lado da minha cabeça, no outro tô pulando por cima da mesa pra encher a Sra. Lichenstein de porrada.

Mas agora, *agora*, tô perto da pia acabando de lavar os prato. Mamãe dorme no sofá. É sexta-feira, 16 de outubro de 1987. Preciso passar pelo sábado e o domingo antes de chegar na segunda — a alternativa.

— *Escola?* — mamãe diz. — Vai procurar a previdência social, a escola não pode ajudar você em nada, *agora*. — A mulher da Lane Bryant na rua um-dois-cinco chama essa calça legging de AMARELO NEON. Tô usando ela com meu suéter X. Botei um pouco de vaselina na cara, não posso fazer nada com o cabelo enquanto não tiver dinheiro pra colocar as trança de volta. Olho meu pôster do Farrakhan na parede. Amém Alá! O radiorrelógio tá marcando 8h30. Hora de ir!

Mamãe tá dormindo. Vou voltar antes dela acordar, a tempo de fazer a limpeza e o café. Por que mamãe nunca faz nada? Uma vez perguntei a ela, quando levantei depois dela me nocautear, ela disse:

— É pra isso que você tá aqui.

Eu vô no décimo nono andar do Hotel Theresa para a al-ter-na-TIVA! Tênis Reebok branco! Melhor do que Nike? Não, a próxima merda que eu vou ter vai ser um Nike! Jaqueta de couro verde, chaves. Tô saindo, ponho a mão na maçaneta.

— Aonde é que você vai? — mamãe berra do quarto dela.

Por que a gorda bunduda não tá dormindo? Não falo nada. Foda-se!

— Você me escutou! — Começo a abrir as tranca da porta da frente. São quatro. — Precious! — Foda-se, sua vaca. Tô fora A escada é tão estreita que os dois lados de mim encosta em alguma parte do prédio quando tô descendo. Talvez eu perco um pouco de peso depois de ter o neném. Talvez eu vô ter um lugar meu.

Quando saio na manhã a Lenox tá lotada de carros, táxis piratas e ônibus. Tem uns caminhão de entrega parado na frente do supermercado e do McDonald's na esquina da 132. Homens, mulheres e crianças tão esperando num ponto de ônibus pra ir pra escola ou trabalhar no centro. Onde será que eles trabalha? Onde eu vou trabalhar, como vou sair da casa DELA? Odeio ela. Chego à rua 126, do outro lado do Sylvia's. Não tenho nem um tostão. Camelôs africanos na rua com pochetes de couro, roupas africanas e brincos feitos de concha, coisas assim.

Agora tô andando bem devagar. Agora ninguém fala nada comigo que minha barriga tá grande. Nada de "E aí, mãezona" nem aquela merda tipo "tanta carne e nenhuma batata". Tô em segurança. É, em segurança contra aqueles babaca na rua, mas será que tô em segurança contra Carl Kenwood Jones? Esse é o meu segundo neném do meu pai, será que vai ser retardado também?

Dessa vez sei que mamãe sabe. Ahã, ela sabe. Ela trouxe ele pra mim. Não tô maluca, aquela piranha fedorenta me deu a ele. Na certa foi o que ele exigiu pra comer ela: me comer também. Chegou no ponto em que ele vai e entra no meu quarto a qualquer hora, não é só de noite. Sobe em cima de mim. Diz: cala a boca! Bate na minha bunda. Você é larga que nem o Mississippi, não vem dizer que um pouquinho de pau vai te machucar, putona. Vai se acostumando, ele ri, você *tá* acostumada com ele. Caio de costas na cama, ele cai em cima de mim. Então mudo de estação, mudo de *corpo*, tô dançando nos videoclipe! Nos filme! Danço break, *voo*, só dançando! Umm hmm, abrindo pro show do Doug E. Fresh ou Al B. Shure no Apollo. Eles me adora! Diz que sou uma das melhor dançarina, unanidade!

— Vou casar com você — ele tá dizendo. — Anda, neguinha, cala a boca! Ele confunde fala de sonho com gemido. Primeiro estraga minha vida toda me comendo, depois confunde a porra das fala. Sinto vontade de gritar: ah, cala a boca! E aí, criolo, como é que você vai casar comigo se é o meu pai. Eu sou sua filha, me comer é ilegal. Mas fico de boca fechada pra que a foda não vire uma surra. Começo a me sentir bem; paro de ser uma dançarina de videoclipe e começo a gozar. Tento voltar pro vídeo mas agora tô gozando, balançando embaixo do Carl, minha xota pulando toda molhada, a sensação é boa. Sinto vergonha. — *Tá vendo? Tá vendo?* — Ele bate na minha coxa que nem os caubói faz com os cavalo na TV; depois aperta o bico do meu peito, morde ele. Gozo mais um pouco. — *Tá vendo*, você GOSTA! Você é que nem sua mãe, é louca por isso! — Ele tira o pau, a porra branca escorre do meu buraco e molha os lençol.

— Vai entrar no ônibus, mocinha? — Eu pisco olhando pro motorista do ônibus que tá me olhando. Ele balança a cabeça, a porta do ônibus fecha. Tô encostada num painel de vidro de um ponto de ônibus. Olho o 101 sumindo pela rua 125. Como foi que cheguei aqui? O que tô fazendo na um-dois-cinco a essa hora da manhã? Olho pros pés, meus olho vê a calça legging, AMARELO NEON; claro! Alternativa! Tô indo, *tava* indo, andando pela Lenox quando os pensamento ruim me acertou e eu saí da real.

PRECIOSA

— Você tá bem? — um cara de uniforme tipo de mecânico me pergunta.

— Tô legal, tô legal. — As pessoas começaram a se juntar em volta de mim.

— Essa vaca é maluca, malandro! — Um cara magricela com calça largona fala bem alto pra um garoto alto perto dele.

— Vai tomar nessa bunda magra, seu filho da puta! Cuida da sua vida! — Eu me afasto deles, atravesso a rua 125 e vou pro Hotel Theresa. Já passei na frente uma porrada de vez mas nunca entrei. Passo pela porta, por um homem no balcão, ele não fala nada comigo, não falo nada com ele. É um elevador com porta preta. Entro, fico ali parada. Não vou a lugar nenhum. Aperta o botão, idiota, digo a mim mesma. Aperto o botão: não sou idiota, digo a mim mesma.

Saio do elevador e vejo uma dona com cabelo de trancinha grudada na cabeça sentada atrás de uma mesa. Tem uma placa branca com letras preta na mesa. Pergunto:

— Aqui é a alternativa?

— A *o quê*? — Ela levanta as sobrancelha.

— Aqui é a alternativa? — Essa vaca me ouviu da primeira vez!

— O que exatamente você está procurando? — voz de mulher legal.

— Bom, aqui é o quê?

— Aqui é a Educação Alternativa/Cada Um Ensina a Um.

— Tô procurando a escola alternativa.

— Bom — a mulher me olha mais um pouco. — Isto *é* uma escola alternativa.

Nunca vi ninguém com tranças que não fica pendurada. Por que botar trança se não vai botar aplique?

— O que é alternativa? — É melhor perguntar de cara, pra vaca, que tipo de escola isso vai ser.

— Não sei se estou entendendo o que você quer perguntar.

— Alternativa, uma dona da minha outra escola mandou eu vir aqui no Hotel Theresa, décimo nono andar, disse que é escola "alternativa".

— Certo, certo — ela diz. — Cada Um Ensina a Um é uma escola alternativa e uma alternativa é como uma escolha, um modo diferente de fazer alguma coisa.

— Ah.

— De que escola você vem?

— Da 146.

— É uma escola de ensino fundamental, não é?

— Eu tenho 16 anos.

— Você precisa dos documentos de dispensa da sua outra escola, dizendo que dispensaram você formalmente, caso contrário não podemos deixar que entre no nosso programa.

— Eu fui chutada porque tô grávida...

— Certo, certo, entendo, mas mesmo assim você precisa dos documentos formais de dispensa, caso contrário não podemos receber você. É a lei.

— A Sra. Lichenstein não falou isso tudo.

— Ah, foi sobre você que uma tal de Sra. Lichenstein telefonou.

— O que que ela disse?

Ela respondeu como se falasse sozinha:

— Disse para a esperarmos, que talvez você aparecesse. — Ela remexeu nuns papéis em cima da mesa. — Você é Claireece P. Jones?

— Isso mesmo. — Então eles tava mesmo me esperando? Isso é até legal.

— Bom, o diretor da Escola 146 já mandou seus documentos de dispensa e o restante do material.

— Que material?

— Sua ficha escolar... — A mulher parou e ficou me olhando. — Você está bem?

— Eles mandaram minha ficha! — Quase cuspi isso, de tão furiosa.

— Bom, nós precisávamos de ahhh algumas informações antes de aceitar você no programa. Nossos alunos têm de cumprir alguns requisitos quanto à situação financeira, residencial e escolar antes de serem aceitos no programa. Assim, na verdade, eles terem mandado sua ficha foi só um modo de apressar as coisas para você.

Imagino o que, exatamente, diz na ficha. Sei que fala que eu tive um neném. Diz quem é o pai? Que tipo de neném? Diz que as página são todas igual pra mim, quanto eu peso, as briga que eu tive? Não sei o que a ficha diz. Sei que toda vez que eles querem fuder comigo ou decidir alguma coisa na minha vida eles aparece com a porra da ficha. Bom, certo, eles tem a ficha, eles sabe da porra toda. E daí, podem saber.

— Posso começar hoje?

As sombrancelha da dona de trancinhas grudadas se levanta.

— Bom, claro. Quero dizer, nós temos um procedimento de ingresso, mas a maior parte disso já foi feita para você. A única coisa que realmente precisamos verificar são os rendimentos financeiros. Você recebe a Ajuda para Famílias com Crianças Dependentes?

— Não.

As sombrancelha sobe de novo, ela olha por cima dos óculos no nariz.

— Minha mãe recebe a AFCD pra mim e minha filha.

— Ah, você fez amniocentese? — Ela olha minha barriga agora.

— Hein?

— Você disse que sua mãe recebe o pagamento para você e sua filha? — Ela balança a cabeça na direção da minha barriga.

— Não é esse neném! Eu tenho outra além desse que tá vindo.

— Ah, sei, então sua mãe tem a sua guarda e a guarda da sua filha, em outras palavras, você está no "orçamento" dela.

— Ahã. — Essa vaca não é tapada.

— Certo, bem, vou precisar de uma cópia do orçamento da sua mãe, uma conta atual de telefone ou de algum serviço público, certo?

— Certo. — Olho com força pra ela. — Eu preciso pegar isso tudo *agora*?

— Não, não, relaxe, nós vamos fazer alguns testes com você; testar sua leitura e seu nível em matemática, ver se vamos colocá-la no pré-DEG ou no DEG.

— Qual é a diferença?

— Bom, as aulas do DEG são para alunos cujas capacidades básicas estão de acordo e eles estão prontos para entrar numa turma e começar a estudar para receber o Diploma de Educação Geral. O pré-DEG é quando o aluno precisa de algum trabalho para chegar ao nível da turma do DEG.

— Que nível é esse?

— Bom, para entrar nas turmas do DEG o aluno deve saber ler num nível de oitava série. Deve ter nota 8 ou acima de 8 no Teste de Educação Básica de Adultos.

— Eu tava na nona série na Escola 146.

— Então não deve ter problema. — A dona de trancinha sorri.

— Qual é o problema? — eu pergunto pra dona gorda e escura que tá olhando por cima do meu ombro, espiando minha folha de resposta. Ela tem calça legging que nem a minha, só que a dela é preta. Tá com uma blusa azul que parece legal, tipo seda. É bonita, acho. Gosto de gente de pele clara, eles são legal. Gosto de gente magra também. Mamãe é preta e gorda, se eu peso 100 quilo, ela pesa 150. A dona gorda tá me olhando. Olho de volta, ela não respondeu minha pergunta. — Qual é o problema? — pergunto de novo.

— Bom, talvez você precise fazer a prova outra vez...

— Você é professora?

— Sou uma delas.

— O que você ensina?

— Dou aula para a turma do DEG.

— Quem é a outra professora?
— A Srta. Rain.
— O que ela ensina?
— A Srta. Rain dá aulas para a turma do pré-DEG.
Sei que lá é o meu lugar.
— O meu lugar é lá — digo a ela.
— Hmmmm — a putona preta e gorda diz e olha pra mim.
Não acredito que essa vaca é professora coisa nenhuma.
— Quer fazer a prova de novo?
— Não.

Pra mim isso não é nada novo. Sempre teve alguma coisa errada com as prova. As prova dá uma ideia de que eu não tenho cérebro. As prova dá uma ideia de que eu e minha mãe, minha família inteira, que a gente somos mais do que idiota, a gente somos invisível. Uma vez eu vi a gente na TV: era um programa cheio daquela merda de terror e castelos, sabe, tipo aquela merda toda assombrada. E as pessoa, bom, umas eram pessoa, outras eram gente vampiro. Mas as pessoa de verdade não sabia até que chegou a hora da festa. Sabe, os babaca comendo peru assado, tomando champanhe e coisa e tal. Aí tava cinco pessoa no sofá, e uma fica de pé e tira uma foto. Entendeu? Quando a foto aparece (é instantânea) só *uma* pessoa tá no sofá. As outras pessoa não existe. São vampiro. Eles come, bebe, usa roupa, fala, fode e coisa tal, mas quando você vê direito, elas não existe.

Eu sô grande, falo, como, cozinho, rio, vejo TV; faço o que minha mãe manda. Mas sei que quando a foto volta eu não existo. Ninguém me quer. Ninguém precisa de mim. Eu sei quem eu sô. Sei quem eles diz que eu sô: uma vampira chupando o sangue do sistema. Uma banha preta e feia que tem de ser limpada, castigada, morta, mudada, posta pra trabalhar.

Quero falar que eu sô alguém. Quero falar isso no metrô, na TV, no cinema, ALTO. Vejo as cara cor de rosa de terno olhando por cima da minha cabeça. Vejo eu desaparecer nos olho deles, nas prova deles. Falo alto, mas mesmo assim eu não existo.

Eu vejo isso o tempo todo, as pessoa de verdade, as pessoa que aparece quando a foto volta; e é tudo gente bonita, garotas com peitinho pequeno do tamanho de um botão e pernas que nem canudinho de refrigerante. Será que tudo quanto é branco é que nem nas foto? Não, porque os branco da escola são gordo e cruel que nem as bruxa malvada das história, mas eles existe. Será porque são branco? Se a Sra. Lichenstein, que tem barriga de elefante e cheiro de lixo saindo da buceta, existe, por que eu não existo? Por que eu não consigo me ver, *sentir* onde é que eu acabo e começo? Às vezes eu olho nos olho das pessoa de cara rosa vestindo terno, os homem de negócio, e eles olha por cima de mim, me bota fora dos olho deles. Meu pai não me vê de verdade. Se visse ia saber que eu era igual a uma menina branca, uma pessoa *de verdade*, por dentro. Não ia montar em mim o tempo todo e enfiar o pau em mim e me deixar com fogo por dentro, sangrar, eu sangro e então ele bate em mim. Será que ele não consegue ver que eu sou uma garota pra flores, perna fina que nem canudinho e um lugar na foto? Tô fora da foto faz tanto tempo que eu me acostumei. Mas isso não significa que não dói. Às vez eu passo na frente de uma vitrine de loja e alguém gorda, preta, velha, alguém que nem minha mãe, olha de volta pra mim. Mas sei que não pode ser minha mãe porque minha mãe tá em casa. Ela não sai de casa desque a Monguinha nasceu. Quem foi que eu vi? Às vez eu fico de pé na banheira, olho meu corpo, as estria, os calombo. Tento me esconder, depois tento me mostrar. Peço dinheiro pra minha mãe pra fazer o cabelo, comprar roupa. Sei que ela ganha dinheiro por causa de mim, do meu neném. Ela devia me dar dinheiro; mas cada vez que eu peço dinheiro ela diz que eu peguei o marido dela, o homem dela. O homem dela? Fala sério! Aquele é a porra do meu pai! Escuto ela falando com alguém no telefone que eu sou uma vaca, que eu peguei o marido dela, que eu sou rápida. O que é preciso pra minha mãe me ver? Às vez eu queria não tá viva. Mas não sei como morrer. Não tenho tomada pra desligar. Por pior que eu teja me sentindo, meu coração não para de bater e meus olho abre de manhã. Quase não vi minha filha desque ela era um neném pequenininho. Nunca enfio o peito na boca dela. Minha mãe diz pra quê? É fora de moda. Eu nunca dei de mamar pra você. Pra que aquela sua filha precisa de peito? Ela é retardada. Mongoloide. Tem Sindro de Dao.

    O que as prova diz? Tô cagando e andando. Olho a vaca da professora na cara, tentando ver se ela *me* vê na prova. Mas agora não ligo pro que os outro vê. Eu vejo uma coisa, alguém. Tô com neném. E daí? Sinto orgulho, só que é um neném do meu pai e isso me tira da foto de novo.

— *De novo?*

Ela tá dizendo alguma coisa? É a tal professora.

— Gostaria de fazer a prova de novo?

Balanço a cabeça dizendo que não. Pra quê, vai ser a mesma coisa, eu não mudei. Ainda sô eu. Precious. Ela diz que eu tô na primeira turma que tem aula na segunda, na quarta e na sexta das nove ao meio-dia. Eu digo:

— Eu ia à escola todo dia.

Ela pergunta se eu posso me acostumar a outra coisa. Não falo nada, depois falo alto:

— POSSO.

II

A primeira coisa que eu vejo quando eu acordo é uma foto da cara do Farrakhan na parede. Adoro ele. Ele é contra os viciado em crack e os branquelo. Os branquelo é a causa de tudo que existe de ruim. É por isso que o meu pai faz o que faz. Ele esqueceu que é o Homem Original! Por isso ele me come, me come, bate em mim, teve uma filha comigo. Quando viu que eu tava grávida da primeira vez ele sumiu. Acho que passou anos, pelo menos sei que foi um bom tempo.

Depois que a neném e eu saímos do hospital minha mãe levou a gente na previdência social; disse que eu era a mãe, mas era só uma criança e que ela cuidava de nós duas. Assim o que ela fez foi só colocar minha neném no orçamento dela. Ela já tava vivendo da previdência. Agora eu podia tá ganhando da previdência, acho. Tenho idade pra isso, 16 anos. Mas não sei se eu quero ficar sozinha. Preciso falar que às vez eu odeio a minha mãe. Ela não gosta de mim. Fico pensando como é que ela ia poder gostar da Monguinha (a minha filha). Monga parece espanhol, né? É, foi por isso que eu escolhi esse nome, mas na verdade é diminutivo de Mongoloide Sindro de Dao, que é o que ela é; às vez é o que eu acho que eu sou. Às vez eu me sinto burra demais. Feia demais, não valendo nada. Eu podia ficar sentada aqui com a minha mãe todo dia, com as janela fechada, vendo TV; comer, ver TV; comer. Carl aparece pra comer a gente. Vai de quarto em quarto, me bate na bunda quando acaba, berra IURRRU IURRRU! Me chama de Bola de Manteiga Mãezona Duas Tonelada de Farra. Odeio ele falando mais do que odeio trepar. Às vez trepar é bom. Isso me confunde, tudo fica nadando pra mim, às vez fica tipo flutuando durante dias. Só fico sentada no fundo da sala de aula, alguém fala alguma coisa eu grito com eles, bato neles; no resto do tempo eu cuido da minha vida. Eu ia me formar na Escola 146 e aí a escrota da Sra. Lichenstein fez merda. Eu... no meu mundo de dentro eu sou muito linda, tipo uma garota num comercial, e alguém aparece aqui de carro, alguém que parece que nem o filho daquele cara que foi morto quando era presidente há um tempão ou o Tom Cruise — ou alguém assim aparece aqui de carro e eu entro que nem garota da TV... JeZUS! É 8 em ponto! Sei que eu acordei às 6 da matina, meu Deus, pra onde é que o tempo foi! Preciso me vestir pra escola. Preciso tá na escola às 9. Hoje é o primeiro dia. Eu fiz prova. Minha situação financeira garantiu que eu podia entrar. Levei o cartão do Serviço Médico e a prova de endereço. A merda toda. Tô pronta. Pronta pra escola. A escola é alguma coisa (isso aqui é *nada!*). A escola vai me ajudar a cair fora dessa casa. Eu preciso jogar uma água no rabo e levantar. O que eu vou usar o que eu vou usar? Uma coisa que eu tenho é roupa, graças à conta da minha mãe na Lane Bryant e ao cara que vende umas roupa maneira. Vem de porta em porta, grita no corredor: tenho do seu tamanho. Preciso me vestir. Será que uso a calça stretch rosa? Acho que sim, com a blusa camponesa branca. Vou e jogo uma água no rabo, o que quer dizer que eu lavo muito bem entre as perna e debaixo do braço. Não sou fedorenta que nem minha mãe. *Não*. Não tenho dinheiro pro café da manhã no McDonald's. Pego um pedaço de presunto na geladeira, enrolo em papel-alumínio, vou comer andando pela Lenox, não é tão bom que nem um Egg McMuffin, mas é melhor do que nada. Volto ao quarto. Na gaveta de cima tem um caderno. A dona de trancinhas grudada na cabeça disse pra levar lápis e caderno. Pego lápis e caderno. Posso ter uma testemunha? Tô saindo daqui!

Eu sempre gostei da escola, mas parece que a escola nunca gostou de mim. No jardim de infância e na primeira série eu não falava, eles ria disso. Na segunda série meu cabaço estourou. Não quero pensar nisso agora. Olho pro McDonald's do outro lado da rua mas não tenho grana, por isso desembrulho o presunto e dou uma mordida. Vou pedir uma grana pra mamãe quando ela receber o pagamento, além disso a escola vai me dar uma remuneração, que é dinheiro pra ir à escola. Na segunda série eles ria de COMO eu falava. Por isso eu parei de falar. Pra quê? Foi na segunda série que começou o negócio de eu virar piada. Quando eu sentava os garoto fazia som de peido com a boca, que nem se eu tivesse peidando. Quando eu levantava eles fazia som que nem de porco roncando. Por isso eu parei de levantar. Pra quê? Foi aí que eu comecei a me mijar. Só ficava ali sentada, tipo com paralisia ou sei lá o quê. Não me mexia. Não *podia* me mexer. Na segunda série a professora me ODIAVA. Ah, aquela mulher me odiava. Me olho na vitrine da lanchonete de frango frito entre a rua 127 e a 126. Tô bem, com minha calça stretch rosa. A mulher da Lane Bryant na um-dois-cinco diz que não tem motivo pras garota grande não usar a última moda, por isso eu uso. Mas os garoto ainda ri de mim, o que eu podia usar pros garoto não rir? Na segunda série foi que eu comecei a sentar lá. O dia todo. As outras criança corria em vota. Eu, Claireece P. Jones, chegava às 8h55, sentava, não me mexia até tocar a campainha pra ir pra casa. Me mijava. Não sabia por que não levantava, mas não levantava. Só ficava ali e mijava. No começo a professora bancou a boazinha, depois berrava, depois chamava o diretor. O diretor ligou pra mamãe e não lembro pra mais quem. Até que o diretor disse: Fique satisfeita porque esse é o único problema que ela causa a você. O diretor disse à professora: Concentre-se nos que *podem* aprender. O que isso queria dizer? Ela é um dos que não pode?

Minha cabeça dói. Preciso comer alguma coisa. É 8h45 da manhã. Preciso chegar na escola às 9. Acabou o presunto. Não tenho dinheiro. Volto pra lanchonete de frango. Entro toda na minha e digo à dona: me dá um cesto. O frango parece de ontem mas as pessoa tão comprando. A dona pergunta: Batata frita? Eu digo: Salada de batata. A salada de batata fica na geladeira nos fundo. Sei disso. A dona se vira pra ir pros fundo, eu pego o frango, enrolo, me viro, saio correndo e atravesso a um-dois-seis enfiando o frango na boca.

— Corre Baleia! — quem diz isso é um viciado em crack parado na frente de um prédio abandonado. Nem viro a cabeça — os viciado em crack são tudo *nojento*. Eles desgraçam a raça, os viciado em crack da América do Norte tá tudo perdido no inferno. Olho o relógio, 8h57! Mas merda eu tô quase lá! Viro a esquina da 126 com o bulevar Adam Clayton Powell Jr. Jogo os osso de frango na lixeira do canto, enxugo a gordura da boca com o pãozinho e depois enfio o resto na boca, atravesso correndo a 125 e cheguei! Tô no elevador subindo quando percebo que eu deixei o caderno e o lápis na lanchonete! Droga! E é 9h05, não 9 da manhã. Ah, bem, a professora também é criola. Não importa se ela é professora, os crioulo nunca começam na hora. O elevador faz Bing! Saio. A porta da minha sala fica na esquerda. Minha professora é a Srta. Rain.

Agora tô andando pelo saguão bem devagar. Cheia de frango, de pão; geralmente isso não me dá vontade de chorar lembrando, mas agora tô com vontade de chorar. Minha cabeça é que nem a piscina da ACM na um-três-cinco. O verão cheio de corpos pingando, a maioria na parte rasa; um, dois no fundo. É assim que todos os anos tão nadando na minha cabeça. Um garoto da primeira série diz: Segura os beiço pra não tropeçar neles, Claireece. Ele me chama de graxa de sapato. Na segunda série eu sô gorda. É quando começa os som de peido e de ronco. Nenhum namorado, nenhuma amiga. Olho pro quadro fingindo. Não sei o que eu tô fingindo, que os trem não tão andando na minha cabeça às vez e que sim, tô lendo junto com a turma na página 55 do livro de leitura. Logo cedo eu percebo que ninguém escuta as vozes de televisão saindo do quadro negro, só eu, por isso eu tento não responder pra elas. Lá no lado mais fundo da piscina (onde a gente podia se afogar se não fosse o salva-vida legal que parece o Bobby Brown), eu tô sentada na minha carteira e o mundo roda com um zumbido, e tudo é barulho, a voz do professor tá cheia de estática. Minha xoxota abre e o mijo quente e pegajoso escorre pelas coxa sssss e bate no chão. Quero morrer eu me odeio eu me ODEIO. Risinhos risinhos, mas não me mexo quase não respiro só fico sentada. Eles ri. Olho direto pra frente. Eles fala de mim. Eu não falo nada.

Sete anos, ele tá em cima de mim quase toda noite. Primeiro é só na boca. Depois é mais mais. Ele tá tendo relação comigo. Diz que eu aguento. Olha, você nem sangra, garotas virgem sangra. Você não é virgem. Eu tô com 7 anos.

Não percebo que parei de andar bem, bem devagar, e tô completamente parada. Tô no saguão no primeiro dia de aula na Educação Alternativa/Cada Um Ensina a Um, só ali parada. Percebo que é porque a Srta. Rain enfiou a cabeça pela última porta na esquerda e disse:

— Você está bem? — Eu sei quem ela é porque a Sra. Trancinhas de óculos apontou para ela depois que eu terminei o teste e me mostrou minha professora e minha sala.

Faço os pés se mexer. Não falo nada. Não tenho nada na boca pra falar. Mexo os pés mais um pouco. A Srta. Rain pergunta se eu tô na turma A.B.E. Eu digo sim. Ela diz que é essa e volta pra dentro da porta. A primeira coisa que eu vejo quando entro pela porta é as janela: onde a gente tá é bem alto, não tem nenhum outro prédio no caminho. Céu azul azul. Olho a sala em volta. Paredes pintada de verde-claro feio. A Srta. Rain tá na mesa, de costa pra mim, virada pra turma e pras janela. A "turma" só tem umas cinco, seis pessoa.

A Sra. Professora vira e fala:

— Sente-se.

Fico parada na porta. Engulo em seco, começo a andar, acho que vou chorar. Olho o cabelo comprido tipo dread da Sra. Professora, parece tipo legal mas tipo feio também. Meus joelho tão tremendo. Tô com medo de me mijar, apesar que eu não faço isso tem ano. Não sei como vou conseguir, mas vou. Olho as seis cadeira bem enfileiradas no fundo da sala. Preciso chegar lá.

A turma toda tá quieta. Todo mundo me olhando. Meu Deus não me deixa chorar. Puxo o ar pelo nariz, uma respiração bem grande, depois começo a andar devagar pro fundo. Mas uma coisa que nem passarinhos ou luz voa pelo meu coração. E meus pés param. Na primeira fila. E pela primeira vez na vida sento na primeira fila (o que é bom porque eu nunca conseguia ver o quadro lá do fundo).

Não tenho caderno, nem dinheiro. Minha cabeça é uma piscina olímpica grande, todos os anos, todos os eu flutuando grudada cheia de vergonha nas carteiras enquanto o mijo faz uma poça enorme perto dos pés. Cara, ninguém faz ideia mas pra mim não é brincadeira estar aqui nessa escola. Olho a parede por cima da cabeça da professora. É uma foto de uma dona escura e pequena com cara de ameixa e vestido do tempo antigo. Fico pensando quem ela é. A professora tá na mesa marcando a folha de chamada, tá com vestido roxo e tênis de corrida. É escura, tem rosto legal, olhos grande e cabelo que nem eu já falei. Minha mãe não gosta de criolo com cabelo assim! Minha mãe diz que Farrakhan é legal mas foi longe demais. Longe demais aonde, quero perguntar. Não sei o que *eu* acho de gente com cabelo assim.

A professora tá falando.

— Você vai precisar de um caderno como este — ela levanta um caderno preto e branco, de 79 cents, igual ao que eu deixei na lanchonete. Enquanto ela tá falando uma garota entra.

— São 9h37 — a professora diz. — Você está *atrasada*, Jo Ann.

— Tive de parar e comer alguma coisa.

— Na próxima vez fique onde parar. A partir de amanhã esta porta vai estar trancada às 9 horas!

— É melhor eu estar do lado de dentro — resmunga Jo Ann.

— Nisso nós concordamos — a professora diz e olha Jo Ann nos olho. Ela não tem medo de Jo Ann. Muito bem, Srta. Rain.

— Hoje temos gente nova...

— Eu achei uma coisa! — Jo Ann grita.

— Perdão — a professora diz, mas não tá pedindo perdão de nada, tá puta da vida.

— É meu! — eu digo.

— Corta essa — Jo Ann diz.

— Eu tinha um. — Fico chocada quando falo isso. — Deixei esse caderno no Frango Frito da Lenox entre a um-dois-sete e a um-dois-seis hoje cedo.

— Caraca! — grita Jo Ann. — Foi onde que eu achei.

Estico a mão e ela sorri pra mim. Me entrega o caderno, olha pra minha barriga e diz:

— É pra quando?

— Não sei direito.

Ela franze a testa, não fala nada e vai sentar a algumas carteiras de mim, na fileira atrás de mim.

A Srta. Rain parece bem chateada, depois derrete, diz:

— Hoje temos mais gente nova do que antiga, então vamos voltar ao primeiro dia, nos conhecer e pensar no que podemos fazer aqui juntos. — Olho esquisita pra ela. Ela não devia *saber* o que a gente vai fazer? Como é que a gente vai pensar em alguma coisa. A gente somos ignorante. A gente tamos aqui pra aprender, pelo menos eu tô. Meu Deus, espero que essa não seja outra... outra... não sei, outra que nem que antes, é, outra como os anos de antes.

— Vamos fazer um círculo — a professora diz. Droga, eu acabo de sentar na primeira fila e agora vamos fazer um círculo.

— Não precisamos de todas essas cadeiras — diz a professora fazendo sinal pra Jo Ann que tá arrastando cadeira da segunda fila. — Só puxem umas cinco ou seis, o número de pessoas, e formem um círculo pequeno, depois vamos colocar de volta enfileiradas quando acabarmos de nos apresentar. — Ela se senta numa cadeira e todo mundo faz a mesma coisa (quero dizer, ela é a professora e coisa e tal).

— Certo — ela diz —, vamos nos conhecer um pouquinho, aahhhmmm, vejamos, o nome de vocês, onde nasceram, sua cor predileta, algo que vocês fazem benfeito e por que estão aqui.

Uma sarará grandona dá uma fungada.

— Hein?

A Srta. Rain vai até o quadro e diz:

— Número um, seu nome — então ela escreve isso —; número dois, onde você nasceu — e continua até que tá tudo no quadro.

1. nome
2. onde você nasceu
3. cor predileta
4. uma coisa que você faz bem
5. por que está aqui hoje

Ela senta de novo e diz:

— Certo, eu começo. Meu nome é Blue Rain...

— Esse é seu nome de verdade! — quem diz é uma garota vestida de garoto.

— Ahã, é meu nome de verdade, juro pela minha mãe mortinha.

— Seu primeiro nome é *Blue*? — a mesma garota pergunta.

— Ahã — a Srta. Rain fala isso como se tivesse cansada da garota com jeito de homem.

— Explique!

— Bom — diz a Srta. Rain bem-educada. — Acho que não preciso explicar meu nome. — Ela olha a garota, a garota saca o recado. — Bom, como eu estava dizendo, meu nome é Blue Rain. Nasci na Califórnia. Minha cor predileta é roxo. O que eu faço bem? Ahhhh, eu canto bastante bem. E estou aqui porque uma amiga dava aula aqui e um dia ela teve de sair e pediu que a substituísse, depois, quando ela se demitiu, eles perguntaram se eu queria o emprego. Eu disse que queria, e desde então estou aqui.

Olho o círculo em volta, seis pessoas, sem me contar. Uma sarará clara e grandona, a garota esporrenta que achou meu caderno na lanchonete, uma garota chicana de pele clara, depois uma chicana de pele marrom e uma garota da minha cor com roupa de garoto, que parece meio sapata.

A sarará grandona tá falando agora:

— Meu nome é Rhonda Patrice Johnson. — Rhonda é grandona, maior do que eu, pele clara mas isso não adianta nada. É feia, tem beiço grande, nariz de tomada, é gorda gorda e o cabelo é cor de ferrugem mas curto curto. — Nasci em Kingston, Jamaica. — Olha só! Ela não fala nem um pouco engraçado que nem o pessoal com cabeça de coco. — Minha cor predileta é azul, sei cozinhar bem.

— O quê? — alguém pergunta.

— É só dizer! — Rhonda ataca de volta.

— Ervilha com arroz!

— Claro. — Tipo, por que falar uma coisa tão básica.

— Cabrito ao curry!

— É, é só falar — diz Rhonda. — Minha mãe tinha um restaurante na 7ª Avenida antes de ficar doente, ela me ensinou tudo. Tô aqui — ela diz séria — para melhorar minha leitura pra poder tirar o DEG.

A garota chicana magricela e clara fala:

— Meu nome é Rita Romero. Nasci aqui mesmo no Harlem. Tô aqui porque era viciada e larguei a escola e nunca consegui ler e escrever direito. Minha cor predileta é preto. — Ela sorri com dentes faltando. — Acho que dá pra ver. — Dava mesmo, só de olhar a roupa dela e os sapato, tudo preto.

— O que você faz bem? — pergunta Rhonda.

Ela diz:

— Hmmm... — Depois com voz tremida e bem devagar: — Sou uma boa mãe, uma mãe muito boa.

A garota de pele marrom fala. A gente é mais ou menos da mesma cor mas acho que é só isso que é igual. Eu sô *toda* mulher. Essa aí não sei.

— Meu nome é Jermaine.

Epa! Pirou geral.

— Minha cor predileta...

— Fala primeiro onde você nasceu — Rhonda de novo.

Jermaine dá a Rhonda um olhar tipo tô cagando pra você. Rhonda olha Jermaine tipo vá se catar. Jermaine diz que nasceu no Bronx, ainda mora lá. A cor predileta é vermelho. Ela dança bem. Veio pra cá porque quer sair da influência negativa do Bronx.

Rita, a chicana, diz:

— Você veio pro *Harlem* pra se livrar das más influências? Jermaine, que eu não preciso dizer que é um nome de *homem*, diz:

— Depende de *quem* você conhece, e eu conheço gente demais no Bronx, neném.

— Como você ficou sabendo do programa? — pergunta a Srta. Rain.

— Uma amiga.

A Srta. Rain não diz mais nada.

A garota que achou meu caderno vem depois.

— Jo Ann é como eu me chamo e o rap é tudo que eu amo. Minha cor é bege. Minha ambição é ter meu próprio selo de gravação.

A Srta. Rain olha pra ela. Fico pensando o que é um selo de gravação.

— Onde você nasceu e por que tá nessa escola? — Rhonda pergunta. Certo, já vi que a Rhonda gosta de mandar.

— Nasci no Hospital King's. Minha mãe se mudou com a gente pro Harlem quando eu tinha 9 anos. Tô aqui pra tirar meu DEG, então, bem, eu já tô na indústria musical. Só preciso cuidar da parte do estudo pra poder subir.

A outra garota fala:

— Meu nome é Consuelo Montenegro. — Uuuuh, ela é uma chicana bonita, cor de café com leite e cabelo comprido e bom. Blusa vermelha. — Por que tô aqui, cor predileta, que merda é essa? — Ela encara a Srta. Rain, fula.

A Srta. Rain tá calma. Rain, nome bonito pra ela. Finge que não se incomoda com o palavrão, e diz:

— É só um modo de quebrar o gelo, um modo de nos conhecermos melhor, fazendo perguntas que não ameaçam, que permitam a você compartilhar com um grupo sem ter de revelar mais sobre você do que poderia ser confortável — ela faz uma pausa. — Não precisa falar, se não quiser.

— Não quero — a garota linda diz.

Agora todo mundo tá me olhando. No círculo eu vejo todo mundo, todo mundo me vê. Sinto vontade de voltar pro fundo da sala por um segundo, depois penso nunca mais, prefiro me matar antes que isso aconteça.

— Meu nome é Precious Jones. Nasci no Harlem. Meu neném vai nascer no Harlem. Gosto de que cor... amarelo, é refrescante. E tive problema na minha outra escola por isso vim pra cá.

— Uma coisa que você faz bem — diz Rhonda.

— Nada.

— Todo mundo faz alguma coisa bem — diz a Srta. Rain com a voz suave.

Balanço a cabeça, não consigo pensar em nada. Tô olhando meus sapato.

— Uma coisa — a Srta. Rain.

— Eu sei cozinhar — continuo com os olho no sapato. Nunca falei na sala de aula antes a não ser pra dar bronca em professor ou na garotada, se me sacaneiam.

A Srta. Rain tá falando sobre a aula.

— Periodicamente vamos fazer um círculo para falar e trabalhar, mas agora vamos colocar as cadeiras enfileiradas de novo e continuar com o trabalho. Bom, para começar, esta é uma aula de leitura e escrita básicas, uma aula pré-DEG, uma aula para quem está começando a ler e escrever. *Não* é uma aula do DEG.

— Isso não é do DEG? — pergunta Jermaine.

— Não, não é. Esta aula é para ensinar os alunos a ler e escrever — a Srta. Rain diz.

— Merda, eu sei lei e escrever, quero tirar meu DEG — Jo Ann diz.

A Srta. Rain parece cansada.

— Bom, então esta sala não é para você. E eu gostaria que você tivesse cuidado com a linguagem que usa, isto aqui é uma escola.

— Pra mim não é merda nenh...

— Bom, então vá, Jo Ann, por que não sai simplesmente? — a Srta. Rain parece que vai dizer... você sabe, bom, *dá o fora*, vaca.

A chicana, Rita, diz:

— Bom, aqui é pra mim. Eu não sei ler nem escrever.

Rhonda também:

— Eu sei um pouquinho, mas preciso de ajuda.

Jermaine parece insegura. A Srta. Rain:

— Se você acha que quer ficar na turma do DEG, só precisa voltar a esta sala às 13 horas para fazer a prova. — Jermaine não se mexe. Consuelo olha para Jermaine mas não fala nada. Jo Ann diz que vai voltar às 13 horas, foda-se essa merda! Ela não é analfabeta. A Srta. Rain olha para mim. Eu sou a única que não falei. Quero falar alguma coisa mas não sei como. Não tô acostumada a falar, então como vou dizer? Olho a Srta. Rain. Ela diz: — E então, Precious, e você, acha que está no lugar certo?

Quero dizer a ela o que sempre quis falar a alguém, que as páginas, a não ser as que têm figuras, é tudo igual pra mim; sobre a fila de trás onde não tô hoje; que ficava sentada com 7 anos o dia inteiro sem me mexer. Mas não tenho 7 anos. Mas tô chorando. Olho a Srta. Rain na cara, as lágrima tão me descendo pelos olho, mas não tô triste nem sem graça. Pergunto:

— Eu tô, Srta. Rain? Eu tô no lugar certo?

Ela me entrega um lenço de papel, diz:

— Está, Precious, está.

A Srta. Rain diz que a turma precisa de uma pausa.

— VOLTEM EM 15 MINUTOS — ela diz bem alto que nem um alto-falante. Eu me levanto com as outra, vou pro saguão. Tá vazio, a não ser nós. As outras turma só chegam no meio-dia, é o que a Srta. Rain disse. Rhonda diz que vai na loja, alguém quer alguma coisa? Eu quero alguma coisa mas não tenho dinheiro. Rita dá 50 cents pra ela comprar batata frita, sabor sal e vinagre, sal e vinagre não, pegue a comum. Rhonda me olha, diz: eu compro pra você. Olho no olho dela. Ela sorri. Parece que vou chorar de novo. Todo mundo vai pensar que sou uma otária, chorando, chorando. Não tô acostumada com isso. Mas é isso que eu sempre quis, uma gentileza de amigo. Eu digo que pago depois. Ela diz eu sei que você paga, o que você quer? Eu falo batata frita sabor churrasco. Ela sumiu! Rhonda anda depressa pra uma garota tão grande.

Consuelo, a chicana bonita, diz:

— Não tem homem na nossa turma. — Isso como se ela tivesse perdido a grana da previdência logo depois de descontar o cheque ou sei lá o quê.

Jermaine diz:

— Que bom.

Epa! Ela é esquisitona mesmo. Vou um pouquinho pra longe dela. Não quero ninguém fazendo ideia errada sobre *mim*.

De novo na sala a Srta. Rain tá falando o que a gente vai fazer todo dia. Então ela *sabe* o que é o quê. Por um minuto fiquei com medo que fosse igual a antes. Igual a antes que eu tirava dez em gramática e nunca falava nada, não fazia nada. Ficava sentada na cadeira. Ficava sentada na cadeira todo dia durante 55 minutos, a cadeira tão pra trás que encostava na parede. Depois do primeiro dia eu não via nem escutava. Passava TV no pensamento — ficava passando de TV pra videoclipes onde tô dançando com roupas pequenas, merda, eu *sou* magrela.

— Todo dia — a Srta. Rain diz — vamos ler e escrever nos cadernos.

Como a gente vai escrever se a gente não sabe ler? Merda, como a gente vai escrever se a gente não sabe escrever! Não lembro de nunca ter escrito nada antes. Minha cabeça tá rodando, tô com medo talvez a gente, talvez essa turma não seja pra mim.

A Srta. Rain tá falando. Diz: ditado chinês. Eu sabia que ela era doida, a gente não somos CHINÊS! Agora tá falando sério de verdade:

— A jornada mais longa começa com um único passo. — Que porra essa joça quer dizer? Essa escola não é *Jornada nas estrelas*.

Rita, a chicana, tá olhando a Srta. Rain como se tivesse vendo Deus. Rhonda tá sentada bem reta na cadeira. Jermaine tá olhando pelo canto do olho pra Consuelo. Consuelo tá olhando as unha.

A Srta. Rain estende um caderno, diz:

— Vocês vão precisar de um caderno como esse — que nem o que eu já tenho — e outro caderno de folhas soltas ou espiral, pra fazer anotações e os trabalhos em sala de aula. — Complicado complicado, jornada chinesa, dois cadernos, escrever sem saber...

Jermaine diz:

— Onde é que a gente vai começar?

A Srta. Rain diz:

— No começo — e pega um pedaço de giz na bolsa e vai até o quadro. Escreve *A* no quadro, entrega o giz pra Jermaine. Jermaine escreve *B*. Jermaine entrega a Consuelo, ela escreve C. Consuelo entrega a Rhonda e ela escreve D. Rhonda entrega a Rita. Rita dá um passo e começa a chorar. A Srta. Rain diz que todos nós estamos nisso junto. Todo mundo diz *E* bem alto, Rita levanta e escreve o *E*, entrega o giz pra mim e eu escrevo *F* e a coisa continua. Então a gente senta de volta todo mundo ao mesmo tempo, isso faz a gente rir e a Srta. Rain diz que é o começo, que são 26 letras no alfabeto, que todas tem um som. Essas letras fazem todas as palavra da nossa língua. Por favor abram o caderno, anotem a data, 19 de outubro de 1987, depois escrevam o alfabeto no caderno.

Depois que a gente escrevemos o alfabeto no caderno a gente recitamos ele alto, todo mundo junto. A Srta. Rain manda ir pra casa e treinar, dizendo e dizendo em voz alta. Na quarta-feira ela vai pedir a cada uma pra ficar de pé e dizer. Jermaine diz:

— E se eu já sei?

A Srta. Rain diz:

— Então não deve ser problema para você.

Mas eu lembro que Jermaine escreveu o Q depois do O, em vez do P. Lembro disso. Eu vou treinar. Claro que vou. A Srta. Rain diz que na quarta vai falar com a gente pra fazer um diário. Fala de novo que a gente precisa trazer outro caderno pra ser o diário. Quero perguntar como um diário é diferente de um caderno, mas nunca fiz uma pergunta antes na escola.

Sinto uma musiquinha na cabeça. Sei que tô tropeçando. Sinto o neném na barriga. Não me sinto bem. Tento não pensar na barriga grandona assim, a pressão pesada nas partes da bexiga, tipo uma porra de uma melancia debaixo da pele. Ir ao médico? Mamãe quer que eu vou na previdência. Mas já tô na previdência, a dela. É tipo você sabe, eu sei que ela não vai receber dinheiro pra mim porque eu não tô na escola; ela sempre vai ganhar dinheiro pra minha filha porque ela é retardada. Talvez tem alguma coisa errada com esse neném também. Não faz mal, talvez se o neném novo tiver Sindro de Dao eu consigo ganhar meu própio pagamento.

Mas não sei se quero um pagamento. Imagino como deve ser ler livros.

A Srta. Rain diz que a gente quase terminamos a aula, diz que quer passar um pouquinho de tempo com cada aluna na salinha do lado, antes da gente ir embora. Diz que vai chamar uma a uma, por ordem alfabética. Tô entrando em pânico: não sei que negócio de ordem alfabética é esse!

PRECIOSA

A Srta. Rain diz que vai ficar na salinha, levanta, depois fala insegura, nunca vi nenhum professor inseguro (a não ser quando você está se preparando pra encher ele de porrada). Ela diz:

— Vocês podem me chamar de Blue, se quiserem.

Olho pra ela que nem que ela é maluca ou sei lá o quê, mas tento mostrar *respeito* pelas pessoa. Por isso falo pra mim mesma: Não, Srta. Rain, não quero chamar a senhorita de Blue.

— Ou... ou — ela diz. — Rain, tem gente que só me chama de Rain. — Sua voz tem um jeito meio caipira.

Jermaine diz:

— Gosto disso, Rain. — Ninguém mais não diz nada.

Rhonda levanta depois que a Srta. Rain saiu. Rhonda não sei das quantas.

— Certo, pessoal, olha os alfabetos — ela diz alto. Eu quero dizer você não precisa falar tão alto, mas não falo. — Certo — ela diz. — Que nome vai primeiro?

Consuelo diz:

— Acho que sou eu. — Quero saber por quê, mas não pergunto. Tô vendo que Rhonda é uma espécie de dama. Sem eu perguntar, ela fala: — Sacou, Precious?

Eu digo:

— Não.

Ela diz:

— Olha o alfabeto. O nome de alguém aqui começa com *A*? — Balanço a cabeça que não. — Com *B*? — Balanço a cabeça que não. — Com *C*? — Não balanço a cabeça. — Bom! — Ela diz. — Consuelo começa com C, ela vai primeiro. — Ela escreve:

1. Consuelo

Quem vem depois?, ela me pergunta. Não sei. Ela aponta pro *D, E, F, G*. Olho pra Jermaine. Jermaine diz:
— Meu nome começa com *J*. — Rhonda continua com *H, I, J...*
Aponto pra Jermaine. Agora é:

1. Consuelo
2. Jermaine

A Srta. Rain enfia a cabeça na porta, Rhonda diz:
— Dá cinco minuto.
A Srta. Rain sorri pra gente e sai de novo. Rhonda diz:
— *K, L, M, N, O, P...*
Eu berro:
— *P* de Precious. Sou eu depois.
— Você sacou, você sacou — Rhonda diz.

1. Consuelo
2. Jermaine
3. Precious

— *Q, R...*
— Rita! — Foi Rita que gritou. — Eu também sou com *R*. — Rhonda pergunta pra gente: — Quem vai primeiro, eu ou ela?
Jermaine diz pra Rhonda:

— Você é que vai.

Não sei por quê. Lembro da Jo Ann. Sei que é com J que nem Jermaine. Se ela não tivesse ido embora, onde ela ia, na frente de Jermaine? Atrás?

A Srta. Rain chega na porta e diz: a primeira pessoa. Consuelo vai. Depois a Srta. Rain volta e diz: A próxima. Jermaine vai. Depois ela me chama. A gente entra na salinha do lado.

— Isso não vai doer — a Srta. Rain diz. — Só quero que você leia uma página desse livrinho. — E o ar some do meu corpo. Seguro a barriga. A Srta. Rain parece que tá com medo. — Precious! — Minha cabeça é de água. Vejo coisas ruim. Vejo meu pai. Vejo TVs ouço música de rap quero comer alguma coisa quero a sensação de trepar com meu pai quero morrer quero morrer. — Precious! Você está bem! Respire! Relaxe e respire. Quer que eu chame uma ambulância? A emergência? Sua mãe...

— NÃO!

— O que há de errado, Precious?

Luto pra respirar.

— Eu... as página são tudo igual pra mim. — Respiro fundo, pronto, falei.

A Srta. Rain suspira tipo triste.

— Acho que entendo você, Precious. Mas agora quero que você tente, que se esforce, vá com tudo.

Estico a mão pro livro.

— Só faça o melhor que puder, se não souber uma palavra, pule... — Ela para. — Só olhe para a página e diga as palavras que você souber.

Olho a página, são umas pessoa na praia. Umas são branca, umas são laranja e cinza (acho que era pra ser de cor).

— Sobre o que você acha que é a história, Precious?

— Gente na praia.

— Isso mesmo. — A Srta. Rain aponta uma palavra, pergunta o que é.

Eu digo:

— Um.

Ela aponta mais umas letra. Não falo nada.

— Você conhece essa palavra? — Não, não conheço. — Você conhece as letras? — Ahã. Ela aponta um D, depois um I, depois um A. Ela fala você sabe essa palavra? Não sei não mas falo silêncio. Ela diz: — Dia, essa palavra é dia. — Ela aponta de volta pro A, depois "DIA", aponta pra um N, um A, diz: — Que palavra é essa?

— Eneá. — digo.

— Bom! — ela diz. — Quase. Essa palavra é "na".

Depois aponta a palavra que vem depois. Eu digo:

— Praia — mas não tenho certeza, conheço o P de "praia", e não tem P nessa palavra. Ela diz: — "Litoral", essa palavra é "litoral", é quase como "praia", muito bem, muito bem. — Depois ela fala em voz baixinha que nem um gato ronronando (eu sempre quis ter um gato): — Você consegue ler a frase inteira?

Eu digo:

— Um dia na praia.

Ela diz muito bem e fecha o livro. Sinto vontade de chorar. Sinto vontade de rir. Quero abraçar e beijar a Srta. Rain. Ela faz eu me sentir bem. Eu nunca tinha lido nada antes.

PRECIOSA

* * *

Tô pensando que não aguento esperar até a quarta-feira, enquanto ando pela um-dois-cinco. Adoro o Harlem, principalmente a rua 125. Aqui tem um monte de coisa. Dá pra ver que a gente tem cultura. Vou ter que pedir dinheiro pra minha mãe pro caderno do diário e pagar a batata frita da Rhonda. Essa escola vai ser boa pra mim, eu sei.

Minha mãe tá no meio da novela quando entro... TV, TV. Ela grita no minuto que eu abro a porta.

— Traz esse rabo gordo pra cá!

O que ela acha que eu tava fazendo? Tô cansada; não quero encrenca.

— Aonde você levou esse rabo hoje?

Ela parece uma baleia no sofá. Minha mãe não sai de casa há, vamo ver, 1983, 84, 85, 86, e agora é 87. Desque a Monguinha nasceu. A assistente social veio aqui. Eu tava na escola. Minha avó, Toosie, traz a Monguinha nos dia que a assistente social vem; a jogada é que Monguinha mora aqui, que mamãe cuida da Monguinha e de mim. Minha mãe recebe o pagamento e cupons de comida pra mim e pra Monguinha. Mas a neném é *minha*. A Monguinha é dinheiro pra mim!

— Você me ouviu falando! Eu perguntei aonde você levou esse rabo de manhã!

— Pra escola! — grito de volta. — Eu tava na escola.

— Você tava na escola? — Mamãe imita o jeito deu falar. Odeio isso! Ela sabe o que eu quis dizer. — Sua puta mentirosa!

— Não sô!

— É sim! A assistente social ligou pra cá, dizendo que tão te tirando do meu orçamento porque você num tá indo à escola.

JeZUS! Onde é que ela andou! Eu contei a ela que eu fui chutada. Fiquei em casa três semana, 24 hora por dia, sete dia por semana. Ela tava aqui quando o rabo branco da Sra. Lichenstein veio. Puxa, mãe, fala sério! Quem é que é burra, eu ou mamãe?

— O que você tá olhando?

Pra chegar ao meu quarto preciso passar por mamãe. Só quero ir pro quarto.

— Eu não tomei café da manhã — mamãe diz.

Ah, então é isso. Ela quer que eu cozinho. Tá com raiva porque eu não cozinhei antes de sair. Merda, tô cansada de cozinhar pra ela. É difícil pra mamãe ficar de pé muito tempo. Olho ela. Não tem tamanho de circo, mas tá chegando lá. Quando eu ia pra escola comum, mamãe me fazia fazer o café e levar pro quarto dela antes de sair. Mas desque eu saí da escola faço um pouquinho mais tarde. Ela sabe que hoje eu ia pra alternativa.

— Eu contei que ia pra escola hoje.

— Esquece a escola! É melhor você levar esse rabo até a previdência!

— Eu vou receber remuneração da escola.

— Foda-se remuneração! Que que é isso? Eu disse pra levar esse rabo até a previdência AGORA!

— Agora? — Ela sabe que é preciso ir lá às 7 horas se quiser falar com alguém. Hoje em dia a previdência vive lotada.

— Vou amanhã cedo, é a primeira coisa.

Me deu a mesma coisa de quando tentei dar porrada na Sra. Lichenstein e quando agarrei a faca na água da louça. Penso que a minha cabeça é que nem uma TV e fede que nem entre as perna da minha mãe. Eu sô burra. Não tenho estudo apesar de não ter faltado dias na escola. Eu falo esquisito. Às vez o ar flutua que nem água com imagens em volta de mim. Às vez não consigo respirar. Sou uma garota legal. Não trepo com garotos mas tô grávida. Meu pai me come. E ela sabe. Ela me chutou na cabeça quando eu tava grávida. Ela pega *meu* dinheiro. O dinheiro da Monguinha devia ser meu. Um Dia na Praia Litoral Um Dia Um Dia ordem Alfabética CD ABDC. Pego meu caderno. Olho minha mãe.

— Vou na previdência amanhã, terça-feira. Quarta-feira vou na escola. Segunda, quarta e sexta eu vou na escola.

Olho pra mamãe. Esse neném parece uma melancia no meio dos meus osso, ficando maior e meus tornozelo parece apertados porque inchou. Suspiro. Isso vai acabar, nem que acabe eu parando de respirar. É o que quero às vez. Às vez dói tanto que eu não quero acordar, quero que a respiração para enquanto eu durmo. Faz eu *não* acordar. Outras vez eu fico tipo uh a uh ahuh ahuh A HUH A HUH e agarro o peito porque não consigo respirar, depois *QUERO* respirar demais.

Tento esquecer que tem um neném dentro de mim. Eu odiei quando pari o primeiro. Não foi legal. Dói. Agora de novo. Penso no meu pai. Ele fede, aquela merda branca pinga do pau dele. Lambe lambe. ODEIO isso. Mas então sinto a sensação quente tcha tcha quando ele tá me comendo. Fico confusa demais. ODEIO ele. Mas minha buceta fica pulando. Ele diz:

"Olha mãezona, sua buceta tá pulando!" Eu me odeio quando sinto que tá bom.

— Quanto tempo você vai ficar aí que nem uma retardada?

Começo a dizer que não, não me chama disso, mas tudo, tudinho, tá fora de mim. Só quero deitar, ouvir rádio, olhar a foto do Farrakhan, um homem *de verdade*, que não come a filha, que não come criança. Tudo que eu sinto é grande demais pra minha cabeça. Não consigo fazer nada encaixar quando penso no meu pai.

— Tô cansada. — Por que falo isso, ela não se importa...

— Faz o almoço, já passou da hora. Você comeu?

— Comi umas batata frita.

— Só?

Lembro do presunto e do frango, não falo nada, pergunto a ela:

— O que você quer?

— Não sei, vê o que tem aí. Se não tem nada, pega uns cupom na minha bolsa, vai na venda e compra alguma coisa pra gente comer.

ABCDEFGHIJKLMNOPABCDEFGHIJKLMNOPQRS. Tem 26 letra no nosso alfabeto. Cada letra tem um som. Um Dia na Praia Litoral ABCDEFGHIJKLMNOPQRSTUVWXYZ.

Naquela noite eu sonho que não estou em mim mas acordo escutando eu sufocando, fazeno a huh a huh A HUH A HUH A HUH. Tô andando por aí tentando descobrir onde é que eu tô, de onde o som vem. Sei que vou morrer sufocada se não me encontrar. Ando até o quarto da minha mãe mas o quarto tá diferente, ela tá diferente. Eu pareço quase que nem um nenenzinho. Ela tá falando doce comigo que nem papai fala às vezes. Tô sufocando entre as perna dela A HUH A HUH A HUH. Ela tem cheiro de mulher grande. Ela diz chupa, me lambe, Precious. A mão dela é que nem uma montanha empurrando minha cabeça pra baixo. Fecho os olho com força mas o sufoco não para, fica pior. Então abro os olho e olho. Olho pra pequena Precious e a grande mamãe e sinto vontade de bater, sinto vontade de matar mamãe. Mas não, em vez disso eu chamo a pequena Precious e digo: Vem pra mamãe, mas quero dizer eu. Vem para *mim*, pequena Precious. A pequena Precious olha pra mim, sorri e começa a cantar: ABCDEFG...

Na quarta-feira de manhã Jo Ann voltou. Ela não é pra turma DEG. Acho. Disse que precisa de uma revisão antes de ir pra DEG. A Srta. Rain não fala nada até que escuta falar no negócio da revisão, aí a Srta. Rain diz:

— Você está na turma certa, Jo Ann? Esta é uma turma para aprender a ler e escrever, não é para revisar para a DEG. — Jo Ann olha cheia de ódio pra Srta. Rain. Gosto da Srta. Rain. Sei o que ela tá fazendo, acho. Jo Ann tá tentando fingir que não é igual à gente. A Srta. Rain tá tentando fazer ela se aceitar como é. Ela não é pra DEG. Pelo menos por enquanto.

A Srta. Rain faz a chamada: Jermaine Hicks, Rhonda Johnson, Precious Jones, Consuelo Montenegro, Jo Ann Rogers, Rita Romero. Tá todo mundo. A Srta. Rain pergunta:

— Quem quer começar?

Jo Ann e Jermaine olham pra ela tipo o que ela tá falando Eu vou levantar, vejo que Rita Romero foi mais rápida. Ela é magrela, não é bonita mas tem aquela pele clara que quer dizer alguma coisa. A Srta. Rain olha pra mim, diz: Levanta, Precious, vocês podem recitar juntas. Rita dá um meio sorriso pra mim; é de verdade, mas só metade por causa que ela não quer mostrar os dente podre. Olho nos olho dela, ela balança a cabeça que sim, a gente começa junto: ABCDEFGHIJKLMNOPQRSTUVWXYZ.

Então todo mundo se junta, menos Jo Ann. Aí a Srta. Rain pede pra gente pegar os caderno de diário. Mamãe não me deu dinheiro mas eu peguei o troco dos cupom de comida quando tava fazendo compra pra comprar um. Consegui também os 50 cents de Rhonda vendendo garrafa e lata.

— Este é o diário de vocês — a Srta. Rain diz. — Vocês vão escrever nele todo dia. — Jo Ann parece que tá com nojo, tipo: é, *certo!* Num minuto a gente tá fazendo ABCs, no outro minuto a gente deve escrever. A Srta. Rain olha ela tipo foda-se, vaca. Dá pra ver que a Srta. Rain não gosta dela mas não fala nada. Só diz que a gente vai escrever nos diário durante 15 minuto todo dia.

Como?, eu fico pensando.

— Como — Rhonda pergunta alto —, *como* a gente vai escrever durante 15 minuto se a gente não sabe escrever?

O que a gente ia escrever se soubesse escrever?, fico pensando.

Jermaine faz a parte dela:

— O que a gente vai escrever?

A Srta. Rain diz:

— Escrevam o que passar pela cabeça de vocês, se esforcem para ver as letras que representam as palavras que vocês estão pensando. — Ela se vira pra mim e pergunta bem rápido: — Precious, o que você está pensando?

Eu digo:

— O quê?

Ela diz:

— O que você estava pensando agora mesmo?

Vou abrir a boca. Ela diz:

— Não fale, *escreva*.

Eu digo:

— Não sei.

Ela diz:

— Não diga isso. FAÇA o que eu digo, escreva o que você tava pensando.

Escrevo:

To p na Mg

Ela diz pra todo mundo não falar e pra escrever durante os 15 minutos seguintes. Todo mundo tá tentando alguma coisa. Depois que o tempo acaba a Srta. Rain vem pra perto do meu caderno e pede pra eu ler o que escrevi. Eu leio:

— Tô pensando na Monguinha.

Embaixo do que eu escrevi, a Srta. Rain escreve com lápis o que eu falei.

To p na Mg

(Tô pensando na Monguinha)

Depois ela escreve:

Quem é a Monguinha?

Ela lê o que escreveu, diz para eu *escrever* a resposta pra pergunta dela no caderno. Copio o nome da Monguinha onde a Srta. Rain tinha escrevido.

Moninha e mina fila

A Srta. Rain lê:

— Monguinha é minha filha? — Ela tem uma pergunta na voz.

Eu digo:

— É, é.

A Srta. Rain sabe que a Monguinha é minha filha porque eu escrevi no diário. Tô feliz porque tô escrevendo. Tô feliz porque tô na escola. A Srta. Rain diz que a gente vai escrever todo dia, isso quer dizer em casa também. E ela vai escrever de volta todo dia. Que legal!

Vou pra casa. Fico muito sozinha lá. Nunca tinha notado antes. Vivo ocupada demais levando porrada, cozinhando, limpando, com buceta e cu doendo ou pulando. Na escola eu era piada: monstro preto, canhão, Boeing B54 onde está você? E a TV na minha cabeça sempre com estática, pulando de uma imagem pra outra. Dor demais, vergonha — nunca sentia a solidão. É uma coisa pequena demais comparada com o *seu* pai montando em você, *sua* mãe chutando você, botando você de escrava, passando a mão em você. Mas agora, desque tô indo pra escola me sinto sozinha. Agora desque sentei no círculo notei que a minha vida toda, a minha vida toda eu tava fora do círculo. Mamãe me dando ordem, papai falando pornô comigo, a escola nunca me aprendeu.

Já faz um mês. Hoje em dia eu entro correndo, quando venho da escola. Não finjo mais que não tô grávida. Deixo isso ficar por cima do pescoço, na cabeça. Não que eu não pensava antes, mas agora é tipo parte de mim; é mais do que um negócio grudado em mim, crescendo em mim, me fazendo maior. Passo correndo pelo quarto da minha mãe. Eu queria ter uma TV no meu quarto. Minha mãe nunca me deixa eu ter uma televisão: ela diz pra ir sentar com ela. Não quero.

Sento no meu quarto. Também sei de quem eu tô grávida. Mas não posso mudar isso. Aborto é pecado. Odeio as vaca que mata os neném. Elas devia matar *elas*, pra ver se é bom! Falo com o neném. Menino ia ser legal. Menina pode ser retardada, que nem eu? Mas não sô retardada.

Aposto uma coisa. Aposto que o meu neném vai saber ler. Aposto o caralho nisso! Aposto que ele não vai ter mãe burra.

Olho a barriga. Tô grandona agora. Só tô com sete mês mas sei que parece nove. Tô *grande* mesmo. A balança para nos 100 mas eu sei que se era uma balança diferente que nem de hospital ela ia continuar subindo. Amanhã vou no médico. A Srta. Rain *pirou*, sério, ela pirou! quando ficou sabendo eu não fui no médico. *PRÉ-NATAL! PRÉ-NATAL!* A merda da turma toda tá gritando *pré-nataaal!* O que que é isso! Elas diz: você tem que fazer isso e você tem de fazer aquilo mas eu não fiz. Não falo pra elas que tive o primeiro neném no chão da cozinha. Mamãe me chutando, as dor me acertando. Quem vai acreditar numa merda assim?

Olho pro Farrakhan. Olho pela janela pros tijolo sujo dos outros prédio, não tem céu que nem na escola. Agora tenho outro cartaz na parede. A Srta. Rain me deu um cartaz que nem que tem na parede da escola. É Harriet perto do Farrakhan. Ela tirou *mais* de 300 preto da escravidão. Você viu *Raízes*? Eu não vi. A Srta. Rain disse pra ver *Raízes*, pra ficar sabendo o que é.

Ponho a mão na barriga. Fico ali sentada, descansando um tempo antes que mamãe me chama pra fazer jantar ou limpar a casa. São 26 letra no alfabeto. Cada letra tem um som. Colocar som nas letra, misturar as letra e fazer palavras. Você tem palavras. "Neném" começa com *N*, *n* de "neném", eu falo com voz boazinha, mansa. Assim que ele nascer eu vou começar a fazer os ABC. Esse é o meu neném. Minha mãe pegou a Monguinha mas ela não vai pegar esse. Sou copetente. Eu fui copetente pro marido dela me comer. Ela não entrou aqui nem disse: Carl Kenwood Jones isso tá errado! Larga a Precious! Você não vê que a Precious é uma criança linda que nem as criança branca nas revista ou nas embalagem de papel higiênico? Precious é uma criança de olho azul e magrinha com cabelo de trança comprida, tranças bem comprida. Sai de cima da Precious, seu idiota! Tá na hora da Precious ir pra academia malhar que nem Janet Jackson. Tá na hora do cabelo da Precious ser trançado. Sai de cima da minha filha seu criolo!

Não, ela nunca disse isso. A Srta. Rain fala de valor. Os valor determina como que a gente vive, tanto quanto o dinheiro. Eu digo que nisso a Srta. Rain é burra. Só posso pensar que ela não sabe como é que é não ter NADA. Nunca respirar e esperar o pagamento, o pagamento; chorar quando o pagamento atrasa. O pagamento é importante. Muito importante. Minha mãe não pega nenhum pagamento pra mim, acho que ela me matou faz muito tempo (bom talvez não matou, mas é assim que eu *sinto*). A Srta. Rain diz que sentir é importante. Uma branca no noticiário deixou o pai no deserto numa cadeira de roda quando o pagamento acabou. Ele tinha doença de Alzáme. A vaca deixou ele embaixo de um cacto com um ursinho de pano. Não vem me falar que o pagamento não é importante.

Mamãe diz que essa escola nova não é merda nenhuma. Diz: você não vai aprender nada escrevendo em nenhum caderno. Tem que arranjar um computador se você quer ganhar uma grana. Quando eles vai ensinar você a mexer no computador? Mas mamãe tá errada. Eu tô aprendendo. Vou começar a ir na aula de Alfabetização Familiar nas terça-feira. É importante ler pro neném quando ele nascer. É importante ter cores pendurada na parede. Escuta neném, eu boto a mão na barriga, respiro fundo. Escuta neném (eu escrevo no meu caderno):

A é de Afrc
   (África)
B é de voc beb
   (você bebê)
C é de co nos e peto
   (cor, nós é preto)
D é de diabo
E e so augei
   (Eu sou alguém)
F é de Foda
G é Jerm mas Jer J
   (Jermaine mas Jermaine é J)
G é gato
H homi d vedad frknka
   (homem de verdade é o Farrakhan)
I eu to in
   (tô indo)
J Jer
   (Jermaine)
K amrca du nor kkk
   (América do Norte = KKK)
L livo
   (livro)
M ma ce ne mamai
   (Má que nem mamãe)
N nau mi bat
   (Não me bate)

PRECIOSA

O opcau
   (Opressão)
P pta
   (preta)
Q quu latf
   (Queen Latifah)
R rspt
   (respeito)
S sa d ci
   (sai de cima)
T 2 tonl
   (duas toneladas)
V vt
   (vote)
W Wt Dins
   (Walt Disney)
X ml e o car
   (Malcolm X é o cara)
Z zb
   (zumbi, tipo o que eu era)

Escuta neném, mamãe ama você. Mamãe não é burra. Escuta neném: ABCDEFGHIJKLMNOPQRSTUVWXYZ.

Isso é o alfabeto. Vinte e seis letra. As letra faz palavra. As palavra é tudo.

III

Menino. É um menino. Nasceu no Hospital do Harlem em 15 de janeiro de 1988. Abdul Jamal Louis Jones. É o nome do meu neném. Abdul quer dizer servo de deus; Jamal eu esqueci; Louis é por causa do Farrakhan, claro. Na escola, uma garota nova, Joyce, me trouxe um livro com nomes africano. Eu já sabia: Abdul, se era menino. Mas não sabia o que queria dizer.

Meu nome quer dizer algo precioso — Precious. Claireece é nome de outra pessoa. Não sei aonde minha mãe arranjou essa merda.

Bom, o neném eu não sei, eu tô feliz com o neném, tô triste com o neném. A assistente social vem. Eu falo com ela, ela pergunta sobre a Monguinha. Eu digo que a Monguinha tá com a minha avó na avenida St Nicholas. Eu talvez não devia ter falado isso. Mas tava cansada. Cansada desse jogo, de mentir. A Srta. Rain disse que leu que a verdade libertará; disse que não sabia se acreditava nisso. Bom, essa verdade vai fazer mamãe ser chutada da previdência. Por causa que ela vinha falando com a previdência que a Monga morava com ela e que ela cuidava de nós duas, por isso ganhava pagamento por duas dependentes. Não sei o que vai acontecer agora. Sei que mamãe fica com o meu dinheiro, mas e se eu ainda tô na casa da minha mãe? Preciso de um lugar pra mim, a previdência não dá muita coisa. Mas o principal acima de tudo é que quero voltar pra escola. Só fico pensando o que eles tão fazendo? O que tão lendo? Se eu sentia falta da sensação? Acho que sim.

Novembro foi o meu aniversário, não falo pra ninguém por isso ninguém sabe. Mas acendo uma vela pra mim. Fico feliz porque Precious Jones nasceu. Gosto do neném que nasceu de mim. Ele chupa o meu peito. Primeiro não gostei. Doeu, machucou, depois gostei. Ele é um neném bom. Mas não é meu. Quero dizer, ele é meu, eu forcei ele pra fora da buceta, mas não conheci um garoto e me apaixonei, fiz sexo e tive um neném.

Acho que eu fui estrupada.

Acho que o que meu pai faz é o que o Farrakhan dizia que os branco faziam com as preta. Ah, era terrível e ele fazia na frente do preto; isso é terrível mesmo. É, no vídeo o Farrakhan diz que no tempo da escravidão o branco ia até a parte de escravos do Harlem onde os criolo morava separado das mansão onde os branco morava e pegava qualquer preta que queria, e se ficava a fim ele só montava nela, mesmo que o homem dela tava ali. Isso devia doer no homem preto mais até do que na mulher que era estrupada — o preto ter que ver aquele estrupo.

Meu neném é um neném bonito. Não amo ele. Ele é o neném de um estrupador. Mas tudo bem, a Srta. Rain diz que a gente é uma nação de crianças estrupada, que o negro dos Estados Unido de hoje é produto do estrupo.

Eu ainda não quero que ninguém sabe mas falo de novo que nem quando tinha 12 anos. Como eu posso dizer que o pai do neném é desconhecido se eu conheço ele?

A escola. No meio de tudo, sei que quero voltar pra escola. Boto o neném pra chupar no meu peito, no meu seio. Amo o Abdul. Ele é normal. Mas eu não? Quero voltar pra escola. Abdul atrapalha. Abdul não pode ir pra Educação Alternativa/Cada Um Ensina a Um. O que eu vou fazer? Eu amo meu neném mas ele não é meu, ele é mas eu não trepei pra ter ele. Fui estrupada pelo meu pai. Agora em vez de uma vida pra mim eu tenho o Abdul. Mas eu amo o Abdul. Quero ir pra escola amo abdul escolabdulescolabdul.

Escrevo pra Srta. Rain no meu diário, quando ela foi no hospital ela escreveu pra mim que nem na escola:

Cara Querida Srta. Rain,
os ano tod eu sta na sl nuc apeni
(Os anos todo eu sentava na sala e nunca aprendia)
mas tv neem de nov Neem me pai
(mas tive neném de novo, o Neném é do meu pai)
eu cera te namo____ mai não
(Eu queria ter um namorado mas não tenho)
cera te decup fudi um gaot ce nem
(queria ter, desculpe, fodido com um garoto que nem)
ot gaota ai eu axa ceto t d laga escola
(outras garotas aí eu achava certo ter de largar a escola)
eu mo neem abcdefghijk1mnopqrstuvwxyz
(eu amo o neném)

Querida Precious,

    Não se esqueça de pôr a data, 18/1/88, nas anotações do seu diário.

    Fico feliz porque você ama seu neném. Acho que uma jovem linda como você deve ter a chance de estudar. Acho que sua primeira responsabilidade tem de ser com você mesma. Você não deveria largar a escola. VOLTE PARA AS AULAS. NÓS SENTIMOS SUA FALTA.

Com amor, Srta. Rain

Sra. R 19 ja, 1988

A a____ socal ce sab se cero da Mongina Absul pa adosau.

(A assistente social quer saber se eu quero dar Monguinha e Abdul pra adoção)

cero mata ela

(quero matar ela)

nuca aguda agora que levar as ciansa emboa

(Nunca ajuda agora quer levar as crianças embora)

si leva Abdul eu nau tem nada

(se levar o Abdul eu não tenho nada)

Precious,

    Para mim parece o contrário. Se você ficar com o Abdul talvez não tenha nada. Você está aprendendo a ler e escrever, isso é tudo.

    Volte para a escola quando sair do hospital.

    Você só tem 17 anos. Toda a sua vida está à frente.

Srta. Rain

20/1
Vovo vei vista dis ce so um cacoro laga u nenem.
(Vovó veio visitar disse que só um cachorro larga um neném)
depos dise qe nem um cacoro
(depois disse que nem um cachorro)

Querida Precious,
   Não se esqueça de pôr o ano, 88, nas anotações do diário.
   Precious, você não é um cachorro. Você é uma moça maravilhosa que está tentando fazer alguma coisa na vida. Tenho umas perguntas para você:

   1. Onde sua avó estava quando seu pai abusava de você?
   2. Onde está a Monguinha agora?
   3. Qual vai ser a melhor coisa para você nesta situação?

Srta. Rain

Srr, Ren
a sinora fas muta peguta   Cem?
(a senhorita faz muitas perguntas)   *(Quem?)*

Nigem

(ninguém)

sosina

(sozinha)

cem Ffknm

(sem Farrakhan)

cem mmai

(sem mamãe)

cem vo pai fude a̶n̶o̶

(sem avó, papai me fudeu <u>anos</u>)

Mongina com mina vo

(a Monguinha tá com minha avó)

as ves axo melo para de rs____

(às vez acho melhor parar de respirar)

tabei cero ce uma boa mai

(também quero ser uma boa mãe)

                              Precious Jones

Minha querida Precious,

    Ser uma boa mãe significa deixar seu neném ser criado por alguém que tenha mais condições de cuidar das necessidades da criança.

                              Srta. Rain

Srta. Rain

Nau escese de eceve o dia Sr Rain

(Não esquece de escrever a data Srta. Rain.)

eu tem codisao de cuda me filo.

(Eu tenho condições de cuidar do meu filho.)

                              Srta. Precious

Querida Srta. Precious, 22/1/88

    Quando você está criando uma criança pequena,

precisa de ajuda. Quem vai ajudar você? Como você vai se sustentar? Como vai continuar aprendendo a ler e escrever?

Srta. Rain

Srta. Rain
a pevidesa aguda mamai e mi aguda
(*A previdência ajuda mamãe e me ajuda.*)

Precious Senorita

Cara Precious Senhorita,

Quando você voltar do hospital para casa veja o quanto a previdência social ajudou sua mãe.

Você poderia ir mais longe do que sua mãe. Poderia tirar seu DEG e ir para a faculdade. Poderia fazer qualquer coisa, Precious, mas precisa acreditar nisso.

Com amor, Blue Rain

Qerida Blu
Goto dece nome Sra. Ran. To cassada (cassada)
(*Gosto desse nome, Srta. Rain. Tô cansada <u>cansada</u>.*)

Bom, honestamente eu só queria levar o Abdul pra casa e descansar pra poder ir correndo de volta pra escola. Mas quando eu cheguei do hospital, mamãe tentou me matar. Eu tinha dito pra mim mesma que se um dia ela vinha daquele jeito pra cima de mim eu ia matar ela de facada. Mas quando aconteceu, quando ela levantou daquele sofá e veio pra cima de mim que nem cinquenta criolo, eu fugi. Só agarrei o Abdul, minhas sacola e fui pra porta. Tava com o neném novo no colo e ela me chamando de puta cadela vagabunda dizendo que vai me matar porque eu arruinei a vida dela. Vai me matar com "AS MÃO!". É que nem uma parede preta caindo em cima de mim, eu não tinha o que fazer, só correr.

— Primeiro você roba o meu marido! Depois me tira da previdência!

Ela tá MALUCA! Não tenho tempo de dizer nada. Quando eu saio pela porta eu paro em cima da escada, olho com força pra ela. Ela ainda tá soltando espuma pela boca, falando do marido que ela acha que eu robei. Mas falo uma coisa enquanto tô descendo a escada. Falo:

— O criolo me estrupou. Eu não robei merda nenhuma vaca gorda seu marido me ESTRUPOU me ESTRUPOU!

Grito segurando o Abdulzinho, com a sacola do hospital com as fralda e as coisa dele, e uma sacola de compra da Woolworth's com minhas coisa dentro.

Nem penso, meus pé só me leva de volta pro Hospital do Harlem. Você sabem o Koch quer fechar ele, diz que os criolo não precisa de um hospital só pra eles. O Farrakhan diz que a gente precisa. A Srta. Rain diz que o Farrakhan é um cara antissemita, um idiota homofóbico. Minha buceta dói. Viro na calçada que vai pra emergência. Depois viro de volta, passo pela porta da frente, digo que quero visitar a maternidade. Eles não devia deixar a gente subir sem verificar antes por causa do pessoal que roba neném. Mas a vaca vê que eu tô com o Abdul. Ela deve saber que, no mínimo, eu vim largar o neném, e não robar nada.

Pego o elevador, procurando a enfermeira Lenore Harrison, que é o nome da Sra. Manteiga de quando eu tive a Monguinha. Ela subiu na vida até vira a rainha da enfermaria. O que eu vou ser, a rainha dos neném? Não, eu vou ser rainha daqueles que lê e escreve o ABC. Não vou parar de ir pra escola e não vou entregar o Abdul, e um dia vou pegar a Monguinha de volta, talvez. Nem sei como ela é, quero dizer, tirando que é retardada.

Tô esperando. Outra enfermeira passa por mim, olha pra mim diz que se lembra de mim de 83. É magricela, preta, não lembro dela. Ela diz que tem pena de ver eu de novo aqui, esperava que eu tinha aprendido com os erro. Que tipo de merda é essa? Eu não fiz nenhum erro a não ser nascer, e a Srta. Rain diz que eu nasci com um propósito e o Sr. Wicher tinha dito que eu tinha aptidão pra matemática. Não sei que propósito, mas sei que eu tenho um propósito, um motivo, e pelo que o Farrakhan diz eu tenho um Deus todo-Poderoso Alá.

Erro? Acho que não. Erro é os criolo estrupar. Acho que eu podia ser a solução. Merda, cadê a enfermeira, a vaca amarela. Agora eu sô sem-teto. Eu e Abdul somos sem-teto. Posso ver mamãe malvada arrancando o cartaz da parede, mexendo nas minha roupa e coisa e tal. Bom, agora a vaca vai ter que levantar o rabo!

A enfermeira Manteiga vem. Eu conto o que aconteceu. Conto da escola, do Farrakhan e alá, de matemática — como o Sr. Wicher tinha dito à Sra. Lichenstein que eu tenho aptidão pra matemática, e ABCs. Como a Srta. Rain diz que eu tô indo pelo som das vogal e consoante mais rápido até do que Rita Romero, que tem pele clara. Conto que quase não vi a Monguinha desque minha avó levou ela e que o Abdul é filho do meu pai também. Não sinto vergonha — Carl Kenwood Jones é um monstro, NÃO eu!

Eu sou Precious ABCDEFGHIJKLMNOPQRSTUVWXYZ
Meu neném nasceu
Meu neném é preto
Eu sou mulher
Sou preta
Quero uma casa pra morar

Ajuda, enfermeira, me ajuda, Sra. Lenore. Me ajuda. Uma coisa de ter ido pra escola e falar na aula é que eu aprendi a falar. A Srta. Rain diz que esse é um país grande. Diz que as bomba custa mais caro do que a previdência. Bomba pra matar criança e tal. Bomba pra guerra, tudo isso custa mais do que leite e fralda descartável. Diz pra não ter vergonha. Não ter vergonha. Na maior parte do tempo parece exagero, porque ela fala isso tanto. Mas ela diz que é pra isso que ela diz: pra reprogramar a gente pra amar a gente. Eu me amo. Não vou deixar aquela vaca grande e gorda me encher de porrada e berrar comigo. E eu não vou dar o Abdul. E não vou parar com a escola.

A enfermeira Manteiga tá dizendo que tá na hora da saída, que não quer me deixar mas tem que apanhar a filha na babá, que a enfermeira que tá entrando no serviço vai me ajudar.

Peço uma toalhinha higiênica pra enfermeira nova, tô sangrando. Essa enfermeira eu não conheço. Ela me olha meio fria. Fala baixinho alguma merda com outra enfermeira e aí vem me dizer que eu tenho que ir pro albergue. É tipo elas tão cansada. Eu sou um problema que tem que sair da cara delas. Eu digo que não tenho casaco. Elas diz que o pessoal do abrigo vai me dar alguma coisa quando eu chegar lá. Fica quieta, uma van vai me pegar e me levar, junto com outros paciente. A enfermeira diz que um monte de gente sai do hospital sem ter pra onde ir, calma, você não é tão especial.

O albergue é que nem uma masmorra de tijolo, úmida, com umas lâmpada elétrica pendurada no teto. Uma vaca na cama perto da minha fica batendo e batendo na boca com a própria mão. Batendo e BATENDO. Outra garota com as mão inchada de pico, feridas, diz:

— Põe suas sacolas *na* cama com você.

Tô dando de mamá ao Abdul. Ele chora. Tá molhado. Parece um ratinho ou gatinho. Eu sei fazer umas coisa pra ele mas fico com medo quando ele tosse e vomita. Ele só tem sete dia. Pode morrer. Uma mulher, uma mulher grande, maior do que eu e velha, deve ter uns 40 anos, vem e tira o cobertor da minha cama. Ela me lembra mamãe, a luz vermelha no olho, o jeito do cabelo espetado. O que eu devia fazer? Minha buceta parece rasgada em pedaços, minhas costa dói, meus peito tá vazando leite, meu sutiã tá molhado e não chera bem, e a maluca roubou meu cobertor.

— Devolva o cobertor da garota — diz a dona com feridas de pico no braço.

— Foda-se — a maluca responde. — Não vou devolver merda nenhuma.

Só pego o lençol que tá em cima do colchão forrado de plástico e enrolo em volta do Abdul, depois me enrolo em volta do Abdul e me encolho naquele plástico frio. Queria que eles apagasse as luz. Mas não apaga. Vou dormir assim mesmo. Quando acordo as sacola com minhas coisas sumiu, um dos laço do meu tênis tá desamarrado. Talvez foi isso que me acordou, eles tentando tirar os tênis dos meus pé. Quantos dia eu fiquei deitada na casa de mamãe pensando que nada podia ser pior do que aquilo. Levanto, amarro os tênis. Essas vaca daqui é tudo maluca. Dou de mamá pro Abdul. Meu corpo é o café da manhã dele. Preciso arranjar alguma coisa pra comer.

Tô no albergue não muito longe do hospital. Essa merda não vai dar certo. Que horas é? 6 da manhã. A Sra. West! Ela mora no apartamento perto do nosso, não deixou mamãe me matar a chute quando a Monga tava nascendo. Ela gosta de mim. Eu sempre ia fazer compra pra ela desque era pequena.

— Precious, me traz um maço de Winstons e um saco grande de costeleta de porco.

— Tá bem, Sra. West.

— Fica com o troco.

Uma vez ela disse: se quiser falar sobre qualquer coisa pode me procurar.

Mas eu nunca fui. E agora não sei o telefone dela. De qualquer modo como ela ia entrar na casa de mamãe e pegar minhas coisa?

— Café da manhã? — diz a viciada em pico.

— É — eu respondo. Um monte de garota, mulher, tá indo pra uma porta. Umas só fica sentada nas cama que nem que tão em choque ou sei lá o quê. A viciada em pico aponta pras pessoas andando, diz pra ir atrás. Eu vou.

Café numa jarra de aço, uma caixinha de cereal e uma banana. Não bebo café. É quase 7 hora. Foda-se, vou esperar a Srta. Rain no saguão. Talvez hoje é um daqueles dia que ela chega cedo. Vou esperar lá até 8h45. Ela fica chocada quando passa pela porta e me vê sentada no chão do saguão do Hotel Theresa com o Abdul no colo. Eu quase esqueço de mim um momento, de tanta pena que sinto dela. Ela só é professora de ABC, não é assistente social nem merda nenhuma. Mas aonde é que eu posso ir?

Pela cara da Srta. Rain eu posso ver que não vou ficar mais sem teto. Ela xinga baixinho *que* porcaria de rede de segurança, necessidades mais básicas, uma criança recém-nascida, *UMA CRIANÇA RECÉM-NASCIDA!* Ela tá PIRANDO de vez. Rhonda vem atrás dela. Nada de aula, todo mundo da Cada Um Ensina a Um tá no telefone! Tão ligando pra todo mundo, desde a mamãe até o escritório do prefeito e estações de TV! A Srta. Rain diz: antes desse dia acabar você vai tá morando em algum lugar, deus é minha testemunha. DEUS é minha testemunha!

É então que aparece a merda do Queens. Eles quer me mandar pra casa ½caminho no Queens, abertura imediata! NÃO! O que eu sei do Queens?! Lá tem árabes, coreano, judeus e jamaicanos, todo tipo de merda que eu e o Abdul não queremos se incomodar com isso. Aqui, eu fico aqui no Harlem. Na casa do

Harlem dizem que eles só pode me pegar daqui a duas semana. A chefe da Srta. Rain tá no telefone. Ela é uma mulher das Jamaica, não engole merda. O namorado dela é de um tal conselho. Ela desliga o telefone, diz: Eles podem recebê-la amanhã. Então elas só precisa arranjar um lugar pra eu ficar essa noite. Todo mundo diz que eu posso ficar na casa delas. Mas sabe onde eu fico? A Srta. Rain tem uma amiga que é governanta ou sei lá o quê na casa de Langston Hughes que fica logo ali na esquina, é um marco da cidade. PASSO UMA NOITE NA CASA QUE LANGSTON HUGHES MORAVA. Eu e o Abdul na casa do Guardião do Sonho! No dia depois disso a gente veio pra cá, onde eu tô até hoje. Aqui, na Casa do Progresso, a principal coisa boa é que eles têm uma pessoa que a gente pode confiar e pra cuidar dos neném enquanto a gente vai passar quatro horas por dia na escola, três vez por semana. No Queens não ia ter Srta. Rain nem escola.

Eu gosto do meu quarto aqui. Melhor do que em casa, quero dizer, na casa de mamãe. Tenho cama pra mim, berço pro Abdul. Gavetas de penteadeira, mesa, cadeira, estante pros meus livros e pros livros do Abdul. Alguns dos meus livros:

1 *A vida de Lucy Fern* 1 e 2 (são dois livros), de Moira Crone
2 *A família de Pat King*, de Karen McFall
3. *Harriet Tubman: condutora da ferrovia subterrânea*, de Ann Petry
4. *Procurada viva ou morta: A verdadeira história de Harriet Tubman*, de Ann McGovern (tenho *dois* livros sobre Harriet!)
5. *Malcolm X*, de Arnold Adoff

6. *Um pedaço de mim*, de J. California Cooper
7. *A cor púrpura*, de Alice Walker
8. *Poemas escolhidos*, de Langston Hughes

Alguns livros do Abdul:

1. *O ABC negro*, de Lucille Clifton
2. *Harold e o lápis de cor roxo*, de Crockett Johnson
3. *A história de um ratinho preso num livro*, de Monique Felix
4. *O menino que não acreditava em primavera*, de Lucille Clifton
5. *Oi, gato!*, de Ezra Jack Keats*

A maioria do que a gente tem foi a Srta. Rain que deu. Eu queria um emprego, um salário, poder comprar o que eu quiser quando quiser.

Estamos lendo *A cor púrpura* na escola. E é bem difícil pra mim. A Srta. Rain tenta ir aos poucos, mas a maior parte eu não consigo ler. Mas o resto da turma meio que consegue, menos Rita. Mas do jeito que a Srta. Rain tá fazendo, eu tô sacando um pouco da história. Eu choro choro *choro*, tá sacando?, parece muito comigo só que eu não sô sapatão que nem Celie. Mas justo quando vou falar essa merda, quando vou dizer à turma o que os Five Percenters e o Farrakhan falam das sapata, a Srta. Rain diz que se eu não gosto

---
*Traduções livres dos títulos. (*N. do E.*)

de homossexual ela acha que eu não gosto dela, porque ela é. Fiquei chocada pra caralho. Então calei a boca. Azar do Farrakhan. Ainda acredito em Alá e coisa e tal. Acho que ainda acredito em tudo. A Srta. Rain diz que não foram os homossexual que me estruparam, que não foram os homossexual que me deixaram ali sentada sem aprender durante 16 anos, não são os homossexual que vende crack e fode com o Harlem. É verdade. Foi a Srta. Rain que botou o giz na minha mão, que me fez rainha dos ABC.

Ah, nem te conto! Todo ano a prefeitura dá prêmios pros alunos bons nos programa de alfabetização de adultos. Bom, esse ano, 1988, fui eu. Depois que eu entrei pra casa ½caminho (que por acaso tá só a ½caminho de ser legal porque umas vacas de lá são Doida com D maiúsculo [letra maiúscula é como você começa uma frase ou diz uma coisa que significa pra caralho tipo Foda-se com F maiúsculo quando você tá puta da vida ou alguma merda assim!]). Mas como eu disse, a coisa boa, a coisa boa de verdade, na casa ½caminho é que fica no Harlem, por isso eu podia continuar fácil na escola.

Assim, em fevereiro eu tô bem acomodada na Casa do Progresso. Por isso eu estudo a primavera toda, decorando os som das letra, escrevendo no diário, lendo livros. Li *A família de Pat King* sobre uma branca que o marido abusa dela e abandona ela. Li *Ninguém vai me derrubar*, sobre os direitos civis. Não conheço pretos nesse país que passaram aquela merda. Mas era assim aqui na cidade do crack, como diz o Farrakhan. Bom, de qualquer modo, eu fiz tanto progresso que eu ganhei o prêmio. Prêmio de Alfabetização. Recebi em setembro de 1988. A Srta. Rain disse que queria me dar depois que eu voltei do parto do Abdul e fiquei sem teto e coisa e tal. Mas a diretora disse: Bom, nós temos outros alunos que merecem, vejamos se Precious tem condições de continuar.

Assim eu recebi o prêmio da prefeitura, dinheiro (75 dólares) da Cada Um Ensina a Um, e a turma fez uma festa pra mim.

As coisas vão bem na minha vida, quase que nem na *Cor púrpura*. Abdul tá com nove meses, *andando!* Esperto esperto. Ele é esperto. Leio pra ele desde o dia que ele nasceu, perto disso. Adoro *A cor púrpura*, esse livro me dá muita força. A Srta. Rain diz que um grupo de homens negros queria impedir o filme que fizeram do livro. Diziam que era uma imagem injusta dos homem criolos. Ela me perguntou o que *eu* acho. Imagem injusta? Infelizmente é uma imagem que eu conheço, a não ser claro o Farrakhan que é homem de verdade. Mas nunca vi ele, só em vídeos! Ele diz que o problema não é o crack e sim os branquelo! Concordo com essa merda.

A Srta. Rain diz que uma crítica que fazem pra *A cor púrpura* é que tem um final de contos de fada. Eu diria, bem, uma merda assim pode ser verdade. Às vez a vida pode melhorar. A Srta. Rain adora *A cor púrpura* também mas diz que o realismo também tem suas virtudes. Ismo, smismo! Às vezes quero dizer à Srta. Rain pra parar com essa coisa de ismo. Mas ela é minha professora por isso não mando ela calar a boca. Não sei o que é "realismo" mas sei o que é REALIDADE, e a realidade é uma filha da puta, vou te contar.

Mamãe veio na casa ½caminho. (O que é casa ½caminho? Acho que já contei. Mas de qualquer modo vou contar pelo livro que li sobre a mulher espancada. De certa forma eu era uma mulher espancada, mas não era na verdade mulher, era criança. E não era o meu marido. Não tenho marido. Era minha mãe.) Mas de qualquer jeito eu nunca li nenhum livro falando de um lugar pra crianças, só pra mulheres adulta (de certa forma eu sou isso também) e nenéns. Mas esse livro que eu tava lendo era sobre uma mulher que leva surra do marido. E ela foge pra casa ½caminho. Ela pergunta pro pessoal do lugar o que é uma casa ½caminho. Eles diz: Você tá a ½caminho entre a vida que tinha e a vida que quer ter. Não é legal? Você deveria ler esse livro se tivesse chance.

De modos que eu tô na casa ½caminho. Tô aqui, ah, nem faz um ano; tipo no livro que eu li: tô na soleira de passar pra minha vida nova, um apartamento pra mim, o Abdul e talvez a Monguinha, isso vamos ver, mais estudo, amigos novos. Deixei mamãe, papai, a Sra. Lichenstein, a Escola 146 pra trás. Por isso fico pensando o que essa vaca quer comigo. Não pode conseguir dinheiro. Fui procurar saber sobre a Monguinha quando entrei para a Casa do Progresso. Colocaram ela numa instituição, dizem que ela tem um retardamento severo (quer dizer grande de montão), e Toosie não vinha fazendo as coisas que iam ajudar ela, tipo cores na parede, livros e coisa e tal, por isso ela tá mal mesmo. Dizem que se ela puder ter ajuda, vai precisar de muito mais do que eu pra ajudar, e eu já tô sobrecarregada demais com o Abdul.

De qualquer modo, a assistente social da Casa do Progresso me chama no escritório, diz: Precious, sua mãe está aqui pra ver você. Pergunta se eu quero ver ela. Eu digo tudo bem. (Não que eu *quero* ver ela, mas já que ela veio até aqui eu vou ver. Acho que ela sabe que não pode fuder comigo agora.)

Entro na sala de estar. Mamãe tá quieta. Mamãe tá mal, não preciso chegar perto pra ver como ela fede. Mas então eu olho mamãe e vejo a minha cara, o meu corpo, a minha cor — nós duas somos grande, escura. Eu sou feia? Mamãe é feia? Não sei bem. Sei que ela tá com cheiro de buceta, sapato grosso que as pessoa sacaneia e um vestido verde gigante da onde as perna sai que nem umas perna de elefante grandes preta e parecendo geleia. Tô com vergonha, essa é minha mãe. Não importa como minhas trança estejam legal, como eu passo óleo na pele, no couro cabeludo, não importa quantas bijuteria, essa é minha mãe.

Mamãe não me olha nos olho. Nunca olhou, a não ser que tivesse berrando comigo ou dizendo o que cozinhar ou alguma coisa pra comprar na venda. Ela baixa os olho e diz:

— Seu pai morreu. — Ela saiu de casa pra me dizer isso! E daí! Acho ótimo que o criolo morreu. Não, não quero dizer isso, mas e daí? Mamãe tá quieta. Mamãe diz: — Carl tinha o vírus da AIDS.

Pois é, e daí?, por que tá me falando? Então ah! Não! Ah, não, tô toda espremida por dentro. Eu posso ter. O Abdul pode ter, ah, não, nem consigo falar nada.

Um tempo enorme não falo nada, só olho mamãe. Foi disso que eu saí? Que nem o Abdul e a Monguinha saíram de mim. Se algum dia ela falou uma palavra gentil comigo, não lembro. Eu morei 16 anos na casa dela sem saber ler. Desque eu era pequena o marido dela me comia e me batia. Meu pai. Quero sentir ódio dele mas é engraçado, eu, ele me deu a única coisa boa na minha vida, tirando a Srta. Rain, os ABC e as garotas da escola; o Abdul veio dele, o meu filho, meu irmão. Mas mamãe me deu a ele. Essa é minha mãe. Carl vinha de noite, pegava comida, o pouco dinheiro que tinha, comia nós duas. Uma coisa me passa pela cabeça agora. Por acaso o cara que estrupava Celie não era pai dela?

— Mamãe?

Ela olha pra onde eu tô.

— Seu marido, o Carl, era meu pai de verdade?

— Como assim?

— O Carl, ele era meu pai de verdade? Você era casada com ele mesmo?

— Ele era seu pai, ninguém mais podia ser seu pai. Eu tava com ele desde os 16 anos. Nunca tive com mais ninguém. Mas a gente não se casamos, ele tinha uma mulher, uma mulher de verdade, uma mulher de pele clara que teve dois filho com ele.

Hmmm, será que existe algum tipo de AIDS especial pras vaca amarela? Mamãe! O pensamento me bate agora, não sei por quê, é o mais óbvio. Será que mamãe pegou?

— Você pegou? — pergunto.

— Não.

— Como você sabe?

— A gente nunca fazia... você sabe...

Olho pra mamãe que nem ela fosse uma porra de uma doida! O que ela tá falando?

— Você sabe — ela repete. — O que a gente tem que fazer pra pegar.

— Ele nunca comia você? — digo, chocada.

— Ah, comia — ela diz. — Mas não como os veado, no cu e coisa e tal, por isso eu sei...

A voz dela fica no ar, vaca imbecil. Só fico olhando pra ela. Quero matar ela. Lembro o que eu sei por causa do Dia da Consciência da AIDS na escola. Olho pra mamãe e digo:

— É melhor você fazer exame.

É tudo que eu tenho pra dizer. Mamãe me olha como se quisesse falar alguma coisa.

— Você pode voltar pra casa.

— Minha casa é aqui — respondo. Silêncio. — Bom, é melhor eu olhar o Abdul e cuidar do dever de casa. — Mamãe não se mexe. Então, sabe como é, eu levanto e saio.

Agora tem música tocando na minha cabeça, não é rap. Não tem cores de TV piscando com barulhos e imagens esquisitas dentro de mim, arranhando e coçando no meu cérebro ao mesmo tempo. Vejo uma cor que não sei qual é o nome, talvez uma que só outro tipo de animal que não é humano pode ver. Tipo borboleta, sabe? Amanhã vou perguntar pra Srta. Rain se as borboleta vê cor. A música agarrou em mim que nem sacola de plástico nos galho das árvore. Sento na cama. Agora tem foto nova na parede. Tenho Alice Walker lá, junto com Harriet Tubman e o Farrakhan. Mas agora ela não pode me ajudar. Cadê minha *Cor púrpura*? Cadê meu Deus mais elevado? Cadê meu rei? Cadê meu amor negro? Cadê meu amor homem? Amor mulher? Qualquer tipo de amor? Por que eu? Não mereço isso. Não sou viciada em crack. Por que tive mamãe como mãe? Por que não nasci num sonho de pele branca? Por quê? Por quê? É um filme na minha cabeça, respingando que nem na piscina na ACM. Vejo o Abdul fugindo de mim, todo vestido de palhaço com olhos maus rindo de mim porque não consigo correr bastante depressa, e a música tá tocando mais alto agora tô saindo do penhasco agora, talvez eu não volto. Não tô vendo o Abdul. A huh! A Huh! Não consigo respirar! Agora a música tá alta, alta de montão. Paro de correr. Tem grama verde em volta. Escuto a música. Agora consigo escutar. É Aretha. Eu sempre quis que ela fosse minha mãe ou a Srta. Rain ou Tina Turner; uma mãe pra eu me orgulhar, pra me amar. Respiro, deito na cama. A cama, lembro, que eu encontrei pra mim quando mamãe me deixou na mão da última vez. Aretha cantando "Preciso arranjar um anjo preciso arranjar um anjo na viiiida".

A cabeça dói. Não sei o que fazer. Se não fosse o Abdul (o nome quer dizer servo de deus) eu... eu... meu deus, Jezus — Alá altíssimo, ABDUL! Mamãe, Carl, eu, Abdul Abdul Abdul, ele é meu anjo, meu anjinho. Será que o Abdul pegou?

Não sei o que eu vou fazer. Amanhã pergunto pra Srta. Rain.

Na parede embaixo das fotos de Harriet, Alice Walker e Farrakhan tá meu Prêmio de Alfabetização. É uma boa prova de que eu posso fazer qualquer coisa. O Abdul já sabe o ABC. E também sabe os número. Nem sabe falar direito e já conta. Eu fiz isso. Um dia eu vou voltar pra pegar a Monguinha. Talvez eu faço esse dia ser mais cedo do que eu tinha pensado. A hora. Quero aprender a olhar um relógio redondo e dizer as horas. Ninguém nunca me ensinou. Eu nunca falei pra Srta. Rain que não sei isso. Tenho tudo com mostrador tipo digital, os relógio da Coreia. Qual é a diferença entre coreano e japa? O Sr. Wicher diz que eu tenho atitude pra matemática. Onde eu vou quando eu sair da casa ½caminho? Será que eu tenho AIDS? HIV? Qual é a diferença? Será que meu filho tem? A Monguinha? Como eu vou aprender a ser inteligente se eu tiver o vírus? Por que eu? Por que eu? Talvez o vírus não me pegou. Talvez... eu... só porque o Carl tinha não quer dizer que eu e o Abdul tem.

Preciso subir no quarto das criança e pegar o Abdul. Mais tarde penso nisso. Isso faz eu me sentir idiota maluca, e tô falando de idiota maluca mesmo.

Não falo nada na segunda-feira na escola, a Srta. Rain pergunta se tem alguma coisa errada. Eu digo que tô legal, que falo mais tarde. A Srta. Rain diz que tal agora. Escrevo pra ela no meu caderno do diário.

9 de janeiro de 1989

To um ano na iscola eu gosto da iscola eu amo mina pofesora

(Tô um ano na escola eu gosto da escola eu amo minha professora)

apendi muito. Li livros, cuido de ciansa meçe no comutado

(aprendi muito. Li livros, cuido de criança, mexo no computador)

Srta. Rain eu qeria arraga um tabalo bom apede tabala no comutado

(Srta. Rain eu queria arranjar um trabalho bom aprender a trabalhar no computador)

PRECIOSA

araga apatameto pa mim e Monguinha e o Abdul
(Arranjar apartamento pra mim e Monguinha e o Abdul)
Srta. Rain eu peguto por qe eu?
(Srta. Rain eu pergunto por que eu?)

                 Precious

Querida Srta. Precious,
  Você levanta meu dia! Você simplesmente não sabe como adoro ter você na minha turma, como eu amo você, ponto final. E sinto orgulho de você; toda a escola sente orgulho de você.
  Tenho certeza de que você vai poder arranjar um emprego quando tirar seu DEG. E talvez sua assistente social ajude a encontrar um bom lugar para você, a Monguinha e o Abdul.
  Não sei o que você quis dizer com a pergunta: "Por que eu?" Por favor, explique.

                Srta. Rain 9/1/89

Blue,
  Muta vez você dise qe eu podia xama você pelo pimero nome. Nuca xamei.
(Muitas vezes você disse que eu podia chamar você pelo primeiro nome. Nunca chamei.)

        Blu Ran
        Blue RAIN

Chuva
é si___
   (cinza)
mas fica
mina chuva
(minha chuva)

Um poma
(um poema)
e so o que poço dize agora

                                                     11/1/89
                                           Precious Jones
                                                   a poeta

13/1/89
Falei com a acitete s___ oje ela vai aranja o ezame pa mim
(falei com a assistente social hoje ela vai arranjar o exame pra mim)

               e o Abdul (sevo de Deus) pa ve
               (e o Abdul [servo de Deus] pra ver)
               ve o ol
               olo ve
               (olho)
               ve se eu
               viv
               (vivo)

PRECIOSA

ou

       morro
       pozitvo
       (positivo)

ou

       nejatvo
       (negativo)
       po qe? po qe?
       (por quê? por quê?)
       cera qe devo
       (será que devo)
       meti
       (mentir)
       pa mim mezm
       (pra mim mesma)
       eu
       pesizo
       (preciso)
       sabe
       (saber)
       a vedade
       (verdade)

                                       Precious P. Jones

13/1/89

Querida Precious POETA Jones!

Incrível! Adoro seus poemas e seus desenhos. O que você e Abdul vão ver?

O que achou dos poemas que lemos em sala de aula?

Com amor, Srta. Blue Rain

Srta. Rain

Eu e Abdul tem um segedo

(Eu e Abdul temos um segredo)

Depos eu coto pometo

(Depois eu conto prometo)

não eu coto ajora

(não, eu conto agora)

IV HIV HIV você e eu pode te HIV

(IV HIV HIV você e eu podemos ter HIV)

me filo Deus Ala

(meu filho Deus Alá)

Alice Walk resa o IV VI YWXYZ

(Alice Walker reza ó IV VI YWXYZ)

Eu aga VI eu H IH eu HIV HIV.

Precious P. Jones

PRECIOSA

23/1/89

Querida Precious,

Está dizendo que você e Abdul precisam fazer exame de HIV? Bom, me conte o que se sentir bem para contar.

Srta. Rain

Muler Blue

(mulher Blue)

Qe mi cina qe mi aguda não sei o qe

(que me ensina que me ajuda não sei o quê)

dize e difiso epica eu nunca cote mina istora toda. É eu

(dizer é difícil explicar eu nunca contei minha história toda. É eu)

pesiso faze ezame de AID. To co medo so sei diso agora

(preciso fazer exame de AIDS. Tô com medo só sei disso agora)

dor
Precious Dor
1/2/89

Agora preciso aprender mais do que o ABC. Preciso aprender mais do que ler e escrever, esse negócio é GRANDE. É o negócio maior que já aconteceu na vida da Precious P. Jones. Eu tenho vírus da AIDS. Foi o que o exame disse. A gente tá sentada num círculo quando eu conto pra turma. É que nem comer cereal no café. Depois de tantos dia olhando pela janela, sem conseguir escrever isso no diário. Eu falo na bucha

— A enfermeira da clínica me disse: você é HIV positiva — eu falo com as garota, a gente tá sentada no círculo, tem umas cara nova, algumas é a mesma cara do primeiro dia. Rita Romero ficou.

Jermaine ainda tá aqui, Consuelo foi embora. Rhonda ainda tá, umas garota novas que parece que nem eu quando eu passei pela porta na primeira vez. Só que agora sou eu que diz "entra, entra!" pras garota nova. Mostro como funciona o diálogo no diário. Você sabe, como a gente escreve pra professora e ela escreve de volta no mesmo caderno de diário que nem se tivesse falando no papel e a gente pode VER a fala voltando pra gente quando a professora responde de volta. Quero dizer, foi isso que me fez querer escrever de verdade no começo, saber que minha professora ia escrever de volta quando eu falo com ela. Explico o jogo da fonética, o aumento do vocabulário, essas coisa todas que *eu* sei agora. A gente temos um projeto de aula: HISTÓRIA DA VIDA. É onde a gente escrevemos a história da nossa vida e coloca tudo num caderno grande. Das garota que ficaram aqui um tempo eu sou a única que não fiz minha história ainda. Um dia quando eu tiver tempo leio o que as outra garota escreveu. Tem umas vaca que escreve bobage. Quando eu escuto a história da Rhonda, a história da Rita Romero, sei que eu não sou a pior. O pai da Rita matou a mãe dela na frente dela. Rita tá na rua vendendo a buceta desque 12 anos. Ela é a única que veio que nem eu, sem saber ler, sem saber escrever nada. E o irmão da Rhonda estrupava ela desque ela era criança, a mãe dela ficou sabendo e pôs a Rhonda, e não o irmão, pra fora de casa. Consuelo vivia na terra da fantasia, é bonita, tem cabelo comprido. Mas gostei que ela foi embora.

Ela sacudia a beleza na minha cara que nem uma bandeira, mandava eu fazer ginástica e ficar longe do sol pra não ficar mais escura. Diz que achou um homem bom. Fico feliz. Não odeio ninguém. Não odeio mamãe, o Carl, então por que vou me abalar por causa de uma vaca que fala espanhol e fica toda abalada porque ela é escura que nem criola em vez de branca. Merda, Rhonda é criola e é mais clara do que Consuelo! Consuelo foi embora mas Jermaine não foi atrás dela, Jermaine ficou. Ela escreve de verdade no caderno. Fala que o que ela tem é preferência sexual. Diz que não devia ser julgada por causa disso. Ela também tem história barra-pesada. Diz que os homem bate nela por causa do que ela é. A mãe botou ela pra fora de casa quando ficou sabendo.

Essas garota são minhas amiga. Eu era tipo o neném da turma porque só tinha 16 anos quando entrei. Elas me visitaram no hospital quando eu tive o Abdul e fizeram coleta quando mamãe me botou pra fora e trouxeram coisas pra casa ½caminho pra mim, roupas, gravador de cassete, atum e sopa Cambull e coisa e tal. Elas e a Srta. Rain são tudo minhas amiga e minha família.

A Srta. Rain é sapata. Isso ainda me choca porque não dá pra notar, mas eu lembro quando ela disse que não foram os homossexual que me estrupraram, não foram os homossexual que me deixaram ficar ignorante. Ultimamente eu esqueço toda aquela merda antiga — os Five Percenters, os Black Israelites etc. etc. etc. (etc. etc. quer dizer e coisa e tal e coisa e tal). Nunca vou ser sapata que nem Celie mas isso não me deixa feliz, me deixa triste. Talvez eu nunca encontro nenhum amor, ninguém. Pelo menos quando eu olho as garota eu vejo *elas* e quando elas me olha elas vê *EU*, não o que eu pareço. Mas parece que os garoto só vê o que a gente parece. Um garoto saiu da minha buceta. Não era nada. Um ponto preto no céu; depois virou vida dentro de mim. Quando ele crescer vai rir das garota preta gorda? Vai rir de gente que tem pele preta que nem ele? Uma coisa eu digo sobre o Farrakhan e Alice Walker: eles me ajudaram a gostar de ser preta. Eu queria não ser gorda mas sou. Talvez um dia eu gosto disso também, quem sabe.

Mas olho minhas amiga no círculo e falo pra elas: o exame disse que eu sou HIV positiva. E tudo que é língua parece morta, não consegue falar mais. Rita Romero me abraça que nem se eu fosse filha dela e eu choro e a Srta. Rain coça minhas costa e diz põe pra fora, Precious, põe pra fora. Eu choro por cada dia da minha vida. Choro por mamãe, que tipo de história mamãe tem pra fazer o que fez comigo? E eu choro por meu filho, a música da minha vida. O pênis marrom pequenininho, as coxa gorda, os olho redondo, a voz de um amor dizendo: Mamãe, mamãe, ele me chama.

Então o choro para. Rita vai até a bolsa dela e pega uma revista chamada *Corpo positivo*, diz que eu preciso entrar pra uma comunidade de HIV. Jezus! Tem uma comunidade deles? Quero dizer, de *nós*? Mas eu digo a ela: Agora não. Só preciso pensar. Será que a vida é uma marreta batendo em mim? Jermaine pula de pé e faz dança de boxe (ela acha que ela é o Mike Tyson!) diz pra lutar! Eu rio, um pouquinho.

A Srta. Rain diz que agora a gente tem que escrever nos diário. Diz que a vida de cada uma de nós é importante. Arranjou pra gente um livro de Audre Lorde, uma escritora mulher que nem Alice Walker. Diz que cada uma de nós tem uma história pra

PRECIOSA

contar. O que é um unicórnio preto? Não entendo direito o poema mas gosto dele.

Não tenho nada pra escrever hoje, talvez nunca. Agora a marreta tá no meu coração, me batendo, eu *sinto* como que meu sangue é um rio gigante crescendo dentro de mim e que eu tô afogando. Minha cabeça tá toda escura por dentro. Parece que agora tem um rio gigante na minha frente que eu nunca atravesso. A Srta. Rain diz: Você não tá escrevendo, Precious. Eu digo que tô afogando no rio. Ela não me olha que nem que eu era maluca mas diz: Se ficar só aí sentada, o rio vai subir mais e afogar você! A escrita pode ser o barco que vai levar você pro outro lado. Uma vez no seu diário você disse que nunca contou sua história de verdade. Acho que contar sua história vai levar você por cima desse rio, Precious.

Continuo sem me mexer. Ela diz:

— Escreva.

Eu digo:

— Tô cansada. Foda-se! — eu berro, grito pra Srta. Rain: — Você não sabe nada que eu passei! — Nunca fiz isso antes. A turma parece chocada. Fico com vergonha, me sinto burra; sento, ainda por cima me fiz de *idiota*.

— Abra seu caderno, Precious.

— Tô cansada — eu digo.

Ela diz:

— Sei que está, mas você não pode parar agora, Precious, tem de ter força.

E eu forço.

IV

27/2/89

A Srta. Rain diz agora mais, muinto mais. Ela qer mais de mim. Mais do que 15 minuto e escreve de volta. Diz pra eu andar com ele. Eu pergunto: Com o *diário*? Ela diz, É, anda com o diaro. Aonde você for, o ~~diaro~~ diário vai. Você sabe eu vô andar com Abdul etc., levo o diário, escrevo coisa no diário.

To apedendo muito: dos dois. Duas palavras 2 diferetes. Cada uma é ~~diferete~~ diferente da outra. Mal mau. Duas palavras mal.

Istoria.

A Srta. Rain diz pra eu me <u>cocentrar</u> na minha história.

Quando não ~~conci~~ consigo escrever uma palavra a Srta. Rain diz pra eu botar o som da primeira letra c__ e desenhar uma linha. Isso quer dizer consigo. Despois ela escreve na linha a palavra direita pra mim.

Mas minha escrita ta melorando. Melhorando muito mais.

A Srta. Rain disse que eu pareco com depr

Ela diz que deprssão é raiva virada pra dentro.

Jermaine diz que não é ravia necessariamente.

(Tudo que a Srta. Rain diz Jermaine não cocorda)

Ecve Eceve escreve
mais ela diz
fala mais

diz ~~consege~~ consegue que o pessoal da crexe fica mais uma ora com o neném para eu ir a reuniaos, filme.

Você sabe eu nunca (escrevi direito) fui num cinema, só vidios no vidiocacete de mamãe. Nunca fui na igreja. Rhonda vai o tempo TODO. Quer me levar e a Srta. Rain. Quer levar a escola toda porque foi sauva.

Durate
um mes to assim. Tonta.

A Srta. Rain ve isso

diz você não é a mesma garota que eu coneço.

é vedade. Eu so uma pesoa
diferete
qualque um ia sê não acha?
não
acha.

A Srta. Rain
> Diz volte volte volte
> até
> onde você
> cosege lembra.
> Pra que? Eu digo
> o qe eu teno pra lembra eu nuca não esqeso
> mamãe papai escola
> Porque por que pasar por TODA (gosto dessa

palavra) ESSA
> TODA ESSA
> TODA ESSA
> MERDA
> Mas a Srta. Rain
> tá peocopada peocupada <u>preo</u>cupada com migo.
> É bom te algem que se impota mas não quero
peocupa ela. Ela mando um bilete pra casa ½caminho
pra eu ir pra escola cedo escrever. E eu vou no centro da
cidade com Rhonda pro grupo de convesa de inseto e
cosa e tal. Acho que EU TO
> LOCA.
> FURRRIIIOZA furioza
>   muito
>   mina vida
>   não é boa
>   eu tenho doensa. A Srta. Rain
>   diz que NÃO é doensa

eu digo entau o que é.
eu falo
com ravia
com a Srta. Rain
ela diz vosse percebe qe sua <u>escrita</u> muda qano
vosse tem centimeto não fal no cadeno ela dis qu eu
nau per<u>cebe</u> nau so dixlx nada diso diz qu é diturbo
emosionau vamo fala diço
Eu tava bem ate o negoço do HIV
ela diz que eu aina to bem
mas o prblm não e so HIV é mamãe papai
MAS eu fui ebora
eu escapei deles qe nem Harriet
A Sra. Ran diz a gent nau pode escapa do pasado.
o camino de libedade e difiçu
olha Harriet H-A-R-R-I-E-T
eu treno o nome dela.
Rita diz pra fica pensando no que você tem pra
agadece
Jermaine (ela é a que esceve melor na escola) diz
ponto e vírgula
vírgula não
vem antes de lista
:
eu teno pra agradece:
Srta. Rain
~~ecola~~ escola

garotas da turma
Abdul
tersa-fera Rita me leva no VILLAG
sabo a gente vai no muzeu

dumingo igreija
SEGUDA a gente vai ler o livo de Harriet T.

Me sinto melor 😊 to feliz que escevi no caderno
                                                                 Precious

6/3/89

    Como que deve se tá apaxonada? Penso nisso o tempo TODO o tempo todo.
    Sei muinto de sexo. Eu sei um bocado de sexo como sera ter um amigo, qero dizer um cara.
    Eu TENHO amigas.
    Não mostro mais pra Srta. Rain tudo no meu caderno ela é mina profesora Não quero que ela sabe que eu escrevo de SEXO se eu fazer sexo com um cara bunito da mina idade eu vou ____.
    Rita tem um homem. Rhonda Deus. A Srta. Rain uma amiga. Jermaine fala que o mundo todo é amate dela.

8/3/89

    O que eu mais gosto é levar o Abdul pra creche de manha

PRECIOSA

depos

não toma cafe da manha. Isso vai me da tempo

de

anda pelo Harlem de

manha pra escola

as pessoa ta indo

trabalha

caras caras

marrom que nem ferro

oculos preto

lágrimas

nada moleza

Harlem

De Langston Hughes

Harlmen do Poeta Lareado!

isso

feito no Harlem

levou

uma surra

mas

de manha

se você

é que nem

eu

você ve

EUINCOSTADA no concreto

da árvore do estrupo

a vida verde

brota

no tronco.

vejo

uns homem

num tereno baudio

fogera

que nem de indio

dividem

o que

eles tem.

Onibus

passa

na maioria muleres

no centro da cidade

céu aberto

pernas azul

para

o sol.

Chego na rua 116 e às vez subo pela Madison e paso em volta do parque, o parque nunca tá morto tá verde. Paso na sauna. Na sauna onde as bixa se encotra trepa tudo nu umas coas outra. Penso como sera. Árvores. Depois do parque a bibloteca na 124. Eu teno cartao da bibloteca. Do lado da bibloteca é a casa das frera. As frera vive lá serve Deus não

PRECIOSA

trepa. Rhonda diz que se a gente vai no porão onde as frera mora tem osso de neném. Rita diz que é metira. Ela é catolica. Eu digo Deus. Me mostra Deus. Continuo ido pela 124 tereno baudio.

    paro. Vo escreve sobre o tereno baudio.
    aaaaaagh bosta de cachorro bosta de cachorro
        sujera nos tijolo
        cerca de asso
        vidas de licho
        câncer no seu olho
        multiplica
        feiura
        merda grudeta
        latas de lixo, podre
        FRAUDA descatavel suja
        viciados em droga
        se amontoa
        no andar de cima
        feio
        ODEIO
        ODEIO
        FEIO

viro as costa pro tereno baudio com crateras que nem que a gente ve quando olha pras manxa na lua. Quando a gente ve a lua nos filme de espasso tem buracos nela, cratera. E os caxote dos viciado de droga. Eses não é viciado em crack que nem os da rua um-dois-seis. Esas pesoa da 1-2-4 se pica com EROINA. Os olho deles é lonje tipo espasonave. Eles não ve a gente, so chera gente que pasa pra ver se tem dinhero. Eles é cachorro de dinhero. Se eles chera dinhero eles tenta pega. Acho. É por isso que eu paso sempre aqui. Nunca um viciado de droga me machuco. A gente odiamo viciados em droga. Nós, eu, gente normau. Eu fico cofusa como fico com os viciado em droga. Como eles tem o que eu tenho. Eu não entendo DROGA. O que eu vejo não parese legal. Parece TRISTE. Os dente cai. Eles tem jenjiva não tem dente, fala esquizito, anda feito idiota. PORQUE? Se eu fica na 124 até a 7ª Avenida tem mais tereno baudio. Talvez paso por um criolo com agula no brasso balançando a cabeça pro vento. gotas de sangue pingando. talvez passo pelo tarado com o penis de fora, olhos de lanterna brilha espermas na gente. É um quarterau que nem uma nevoa com vermes, os vermes gente. Odeio eles. FEIO.

Mas fico confuza.

Na frente do bar na Lenox entre a 124 e a 125 tem a unica loja de cheroqs no Harlem. Uma irma preta e o namorado é o dono. Quando a cheroqs da escola quebra eu venho aqui tira cheroqs. Na loja ela tem livros, cartão, coisas que eu nunca teno dinheiro pra comprar. Eu MORRO de votade de robar. Precious Jones nunca nunca vai roba (não mais) nem vendê droga.

É isso que a TV mosta, criolos roba vende droga roba vende droga harlem crime crime. Em cima do bar é a escola de Diane McIntyre. Eu qeria ir pra escola de dansa quando era pequena. Agora é tarde dimais. Tô com 18. E o Abdul é menino. Os menino não vai só os menino bixa. Não quero que o Abdul é bixa nem viciado em droga.

Mas o que eu fico confuza com isso é isso. É tão feio viciado em droga — eles roba, eles anda embaixo da agua, roba. Espalha AIDS e epatiti.

Mas Rita era uma pesoa assim e ela é BOA. Eu adoro ela.

Às vez quando chego cedo na escola só sento na parte da frente no sofá de plástico preto que precisa de uma fita adesiva onde tá furado e a espuma amarela aparece. A escola começa às 9 hora. A secretária chega aqui às 8 da manhã. Eu não chego antes porque a porta tá trancada e eu ia ter que esperar no saguão lá embaixo. E eu não gosto de lá.

Nossa sala é legal. Mais legal porque a gente temos um dia que a gente vem "malvestida" e traz nosso material de limpeza e cartazes, fotos e plantas de casa e arruma a sala. A Srta. Rain diz traz alguma coisa SUA! Eu troce a foto do Abdul e a planta da Woolworth's na rua 125. Ela cresceu. As folha tá grande. A Srta. Rain trocou o pote tres vez.

A Srta. Rain chega lá pelas 8h15, em geral logo na frente ou atrás de Rita ou Rhonda. Elas duas também são madrugadora. A Srta. Rain dá a quem teja lá as chave da bolsa dela pra abrir a nossa sala enquanto ela faz o que tem que fazer — aprontar café, pegar livros no depósito, essas coisa. Às 8h30 as madrugadora tão pronta! A sala tá quieta e com sol. A gente só abrimos os caderno, a Srta. Rain geralmente diz alguma coisa assim: Vocês tem 10 ou 15 minuto antes da "ralé" chegar. É, não sei direito o que é a ralé. Ela só tá brincando pra Jermaine e as outra que chegam lá pelas 9h05. Sempre meio atrasadas, sempre reclamando de alguma coisa — o tempo, o que o jornal disse.

Eu só fico olhando o sol pela janela da frente. Logo ele vira e entra pela janela do lado. Gosto da rotina da escola, do sonho da escola. Imagino onde eu ia estar se tivesse aprendido em todos aqueles anos sentada na Escola 46. Livro predileto?

Talvez o nosso livro, o caderno grande com todas as história dentro. A minha ainda não. Só tô pondo coisas no meu diário agora.

Dizer a hora é *fácil*. Frações, percentagem, multiplicar, dividir é FÁCIL. Por que ninguém nunca me ensinou essas coisa antes? Rita diz: Todas as pessoas com HIV ou AIDS são vítimas inocente; é uma doença, não é uma coisa "boa" nem "ruim". Você entende o que ela quer dizer? Bom, porque eu não entendo. Não vejo como que eu sou igual a uma bixa branca ou um viciado em crack. Rita beija minha testa, segura minhas duas bochecha, me olha nos olho. Diz:

— Negra — com os olho grande que nem olhos pretos pretos de neném. — Você não entende agora, mas vai. Vai entender.

Não sei como que vou, nem sei o que ela tá falando. Ela tá falando da *Vida*, diz a Srta. Rain. Bom, também não sei o que é a vida. Sei que tenho 18 anos, número mágico. E minha nota de leitura é 2,8. Pergunto à Srta. Rain o que isso quer dizer. Ela diz que é um número! E nenhum número pode medir até onde eu fui em apenas dois anos. Ela diz pra esquecer os números e continuar trabalhando. O autor tem uma mensagem e o trabalho do leitor é decodificar essa mensagem do melhor modo que puder. Um bom leitor é que nem um detetive, ela diz, procurando pistas no texto. Um bom leitor é como você, Precious, ela diz. Apaixonada! Apaixonadamente envolvida com o que tá lendo. Não se preocupe com os números e preencha as lacunas, só leia e escreva!

Eu tô mudando. As coisa que não me incomoda mais são:

    se os garoto me ama
    aplique de cabelo
    roupas nova

       o que me importa é:

    FICAR SAUDÁVEL
    sexo (___)
    caderno, escrever poemas

A Srta. Rain diz não rime sempre, pra se esforçar pras palavras cair que nem gotas de chuva, flocos de neve — sabe que não tem dois flocos de neve igual? Já viu um floco de neve? Eu não! Só vejo uns bocados daquela merda suja cinza. Quer dizer que essa coisa nojenta é feita de flocos de neve Não acredito.

Cada dia é diferente. Todos os dias são grudado junto pra fazer um ano, todos os anos são grudado junto pra fazer uma vida. Eu tenho um segredo. O segredo é, quero dizer, eu acho que Rita e a Srta. Rain meio que sabe mas elas são muito legal para se meter mais nas minhas coisa se eu não quiser. Quero dizer, eu tenho filhos. Mas nunca tive um cara, você sabe como é. Isso nunca me passava na cabeça. Antes eu só queria que papai saía de cima de mim, porra! Mas agora eu penso *nisso*, você sabe, em trepar com um garoto bonito. Penso nisso e penso em ser poeta ou rapper ou até artista. Tem um cara na um-dois-cinco, o Franco, ele fez pinturas nos portão de aço que tem na frente de quase todas as vitrine. De noite você anda e cada um é pintado diferente. Gosto mais do que o museu.

Tem muitos jeito de andar os poucos quarteirão até em casa. Se virar uma esquina você vê tudo diferente. Passa pela 116 com Lenox, mais terra abandonada, prédios caindo. Como fica tão feio e as pessoa joga lixo em tudo. A prefeitura não pega; cocô de cachorro. Gente sem banheiro mija e caga. A feiura é multiplicada por dez. Continua andando pela Lenox até a cento-e-doze e você passa nos conjunto residencial. Nunca morei nos conjunto. Morei na avenida Lenox 444 quase a vida toda. Não sei onde morei antes daquela casa, talvez com minha avó.

Às vez penso na minha mãe. Penso mais no Carl. Carl Kenwood Jones. Hoje tive sessão com a assistente. Na semana passada a gente tentou descobrir há quanto tempo tô infectada. As pessoas no lugar dos retardado diz que a Monguinha não tem. Ela diz que isso pode significar que papai teve AIDS bem depressa desque foi infectado até morrer. Como a Monguinha não pegou talvez ele não tinha em 1983 quando ela nasceu. E depois que ela nasceu ele sumiu um tempão. Então talvez eu peguei em 86, 87? A assistente diz que agora tô numa boa. Sou nova, não tenho doença nem nada, não sô viciada em droga. Ela diz que eu posso viver muito tempo. Eu pergunto a ela o que é muito tempo. Ela não diz.

Acho que umas garota da Casa do Progresso sabe que eu sou... sou *positiva*. Quero dizer, mesmo sem tentar eu sei umas coisa delas. Elas nunca foram muito amigável; desque mamãe apareceu com a notícia ela ficaram menos amigável ainda. Mas quem se importa? Não sô ligada nessas garota da casa. Essas vaca têm problemas, entram nos quarto e robam coisas. Sei que não sô a única que tem, mesmo que pareça. Mas provavelmente sô a única que pegou com o pai. A assistente, a Srta. Weiss, diz que vai tentar descobrir o máximo que puder sobre meu pai, pra mim.

Quanto eu quero saber? E pra quê? Falo pra assistente que não posso falar sobre papai agora. Meu clitóris incha quando penso no meu pai. Papai me deixa enjoada, me *enoja*, mas mesmo assim ele me fez sentir sexo. Sinto náusa no estômago mas fico quente na xota e acho que eu quero de novo, o cheiro do quarto, a dor — ele bate na minha cara até doer e meus ouvido cantar músicas separada um do outro, me xinga de palavrão, bombeia minha buceta pra dentro e pra fora aaaauu eu gozo. Ele me morde *com força*. Bump! Ele bate o quadril em mim COM FORÇA. Eu grito de dor ele goza. Ele bate nas minhas coxa que nem os caubói com os cavalo na TV: Estremece. Tem orgasmo em mim, o corpo dele tremendo, me agarra, me chama de Mãezona Gorda, Buracão! Você ADORA isso! Diz que adora! Quero falar que NÃO, quero dizer que sou criança. Mas minha buceta tá pulando que nem banha na frigideira. Ele me bate de novo. O pau dele tá mole. Ele começa a chupar meu peito.

Espero ele sair de cima de mim. Fico ali deitada olho a parede até que a parede é um filme, *O mágico de Oz*, posso fazer esse filme passar a qualquer hora. Michael Jackson é o espantalho. Então meu corpo toma conta de mim de novo, a vida choca depois do terremoto, me estremece, eu gozo de novo. Meu corpo não é meu, odeio quando meu corpo goza.

Depois vou pro banheiro. Esfrego merda na cara. A sensação é boa. Não sei por que mas faço. Não contei isso nunca pra ninguém. Mas eu fazia. Se eu for pro grupo de apoio do inseto o que vou ouvir das outras garota? Roo as unha até elas parecer doente, arranco tiras da pele. Pego a gilete de papai no armário. Corto corto corto o pulso, não tentando morrer, tentando me ligar de volta. Sou uma TV sem imagem. Tô quebrada sem pensamento. Sem tempo passado nem presente. Só os filmes de ser outra pessoa. Uma pessoa que não é gorda, de pele escura, cabelo curto, uma pessoa que não é fudida. Uma garota rosa e virgem. Uma garota que nem Janet Jackson, uma garota sensual que ninguém cutuca. Uma garota de valor. Uma garota com peitinhos pequeno que é um amor. Um a-MOOOR!

Eu me odeio quando penso no Carl Kenwood Jones. Odeio com letra maiúscula. A assistente diz:

— Lembranças.

Como uma coisa é uma lembrança se você nunca esqueceu? Mas empurro isso pro canto do cérebro.

Tô exausta, no duro, arrebentada! Que tipo de criança tem que pensar num pai que nem eu? Mas eu não sou criança. Sou mãe de uma criança!

Na escola a gente teve que decorar um poema, que nem os rappers faz. E dizer na frente da turma. Todo mundo decora poemas bem pequenos menos eu e Jermaine. Ela fala um poema de uma dona chamada Pat Parker. Eu levanto pra falar meu poema, é de Langston Hughes, dedico ele ao Abdul. Eu me apresento pra turma (apesar de todo mundo me conhecer). Digo meu nome é Precious Jones e esse poema é pro meu filhinho, Abdul Jamal Louis Jones. Então mando ver:

De mãe para filho

Bom, filho, vou lhe contar:
Minha vida não foi uma escada de cristal.
Havia tachinhas nela,
E farpas,
E tábuas quebradas,
E lugares sem tapete no chão...
Sem cobertura.
Mas o tempo todo
Tem sido uma subida,
E chegar nos patamares
E virar nos cantos,
E às vezes entrando no escuro
Onde não tem nenhuma luz.
Então, garoto, não volte atrás.
Não desça os degraus
Porque acha meio difícil.
Não caia agora...
Porque eu ainda tô subindo, querido,
Ainda tô subindo,
E a vida pra mim não tem sido uma escada de cristal.

E depois que eu termino todo mundo grita: É isso aí! É isso aí! Grita: Vai fundo, Precious! E bate palma e bate palma e bate palma. Eu me sinto muito bem.

A Srta. Rain diz pra escrever o que a gente fantasiamos sobre a gente. Como a gente ia ser se a vida fosse perfeita. Agora eu te digo uma coisa, eu ia ser clara, e assim ia ser bem tratada e amada pelos garoto. Clara é ainda mais importante do que magra; você vê umas garota de pele clara e gorda, elas têm namorado. Os garotos passa por cima de muita coisa pra ficar com uma garota branca ou amarela, especialmente se for um garoto de pele escura com beiços grande ou nariz grande, ele PIRA com a garota amarela! Então essa é minha primeira fantasia, ser clara. Depois eu tenho cabelo. Que balança, você sabe, que nem eu faço com meus aplique, mas dessa vez é com meu cabelo de verdade, pra sempre.

Então, essa parte é difícil dizer, porque um pedaço tão grande do meu coração é amor por Abdul. Mas eu seria uma garota ou mulher — é, garota, porque ainda seria uma garota agora se não tivesse filhos. Eu seria uma virgem que nem Michael Jackson, que nem Madonna. Eu seria uma Precious Jones diferente. Meu peito não ia ser grande, meu sutiã ia ser pequeno e rosa que nem garota de desfile. Meu corpo ia ser que nem da Whitney. Minhas coxa não ia ser grande etc. etc. Eu seria uma garota de buceta apertadinha sem marcas de estria. As cabeça de neném me arrebentaram toda. DOEU. Horas horas força força força! Aí ele saiu, lindo. Só um neném lindo. Mas eu não sou. Eu tenho 18 anos. Uma vez veio um garoto na Casa do Progresso pra ver a namorada, ele achou que eu era a mãe de alguém. Isso me chateou.

Então se eu tivesse uma fantasia ia ser da minha aparência. A Srta. Rain diz que eu sou linda como sou. Onde? Como? Pra quem? Não ter filhos significa que eu ia ter uma vida diferente. A assistente perguntou uma vez se o pior é ter os filho ou ser estrupada pra ter. Os dois; porque mesmo se eu não era estrupada, quem quer ter um neném com 12 anos! É a idade que eu tinha quando tive a Monguinha.

O que é uma vida normal? Uma vida que você não tem vergonha da sua mãe. Que seus amigo vão na sua casa depois da escola e assiste TV e faz o dever de casa. Que sua mãe tem aparência normal e não bate na sua cabeça com uma frigideira de ferro. Na minha fantasia eu ia querer uma segunda chance. Porque minha primeira foi embora com mamãe e papai.

A Srta. Rain sempre diz escreva lembre escreva lembre. A assistente diz fala sobre isso, fala sobre o PASSADO. Que tal *AGORA!* Pelo menos com a escola eu tô me preparando pro meu futuro (que pra mim é agora).

Não sei por que não gosto da assistente mas a Srta. Rain diz pra FALAR, isso vai fazer as coisa ficar melhor, eu gostando dela ou não. Mas você sabe que ela é só outra funcionária rabiscando num bloco. Sei que ela tá escrevendo relatórios sobre mim. Os relatório vão pra pasta. A pasta diz o que eu posso ter, onde eu poderia ir, se eu posso ser cortada, chutada da Casa do Progresso. Fazer eu me sentir igual à minha mãe.

Eu e a Srta. Weiss tamos na sala do aconselhamento. Ela pergunta qual é a lembrança mais antiga que eu tenho da minha mãe.

Hein?

— Qual é a lembrança mais antiga da sua mãe?

Na semana passada era papai papai. Agora ela tá numa onda de "mamãe". Não falo nada.

— Precious?

Não consigo me mexer nem falar. É que nem na segunda série de novo, tô paralisada. Cansada dessa branquela me fazendo pergunta. E eu preciso mesmo de alguém pra falar, mas não essa vaca. Mas a sala aqui é legal, você sabe, uma janela grande com sol, os móvel são de couro verde-escuro, quadros na parede. Tô num sofá verde grande. Ela tá atrás da mesa na cadeira que gira. Do lado dela tem uns arquivo.

— Quer que eu lhe sirva alguma coisa?

— Refrigerante. — Não falo água. Isso eu mesma podia pegar. Ela sabe que eu não tenho dinheiro. O único modo de eu tomar um refrigerante é ela pagar pra mim. A máquina de venda fica na sala da lavanderia. Regra da Casa do Progresso: os funcionário não dá dinheiro pras cliente (vamos encarar as coisa, tem umas vaca dessas que banca tão superior e coisa e tal e já foram viciada em crack).

— Qual?

— Cherry Coke.

Assim que ela fecha a porta depois de sair, eu me levanto. Ando depressa e sem fazer barulho. Mas por dentro ando numa tortura devagar, que nem se eu tivesse andando em cola. Nervosa, posso sentir o suor grudando. Se ela entrasse agora eu virava e dava uma porrada na bunda dela. O problema não é o crack, mas os BRANCO! Farrakhan diz. Um arquivo bege enorme atrás da mesa dela. Gaveta A-J, gaveta seguinte K-Z. Jones, Jones (é um nome muito comum); não P Jones, ah isso mesmo, eles tão atrasado! Me puseram como Claireece Jones. É, tá aqui, JONES, CLAIREECE P. e por baixo do meu nome o número do seguro social, 015-11-9153 Eu *fujo* de volta pra poltrona verde grande, enfio a pasta na minha mochila. Tô enxugando o suor da testa quando a Srta. Weiss volta pra sala.

— Está quente aqui dentro, não é? — ela pergunta.

— É. — Ela me dá o refrigerante. Eu digo obrigada.

— Pensou em alguma coisa enquanto eu estava fora?

Balanço a cabeça.

— Você sabe que pode usar seu caderno entre as sessões...

— Sei.

— Quero dizer, você pode usá-lo especificamente para alguma coisa assim, tentar recuperar a primeira lembrança de sua mãe.

Já sei o que vou recuperar, o cheiro da buceta de mamãe na minha cara.

— O que você está pensando?

— Nada.

— Bom, me conte o que você lembrar durante a semana. Anote no seu caderno, certo?

— Certo.

— Você sabe que sua mãe tem ligado para cá, querendo fazer uma visita.

— Não, não sabia.

— Gostaria que ela viesse a uma sessão de aconselhamento com você?

— Não sei, nunca pensei nisso antes.

— Bom, é mais uma coisa para pensar antes da consulta comigo na semana que vem.

Levanto, pego a mochila.

— Tchau — digo. Subo pro andar de cima, pros telefones público do lado de fora da creche, ligo pra Rita, ela ainda não tá em casa, provavelmente tá numa das reunião dela. Ligo pra Jermaine, ela tá em casa, não falo pra ela o que eu fiz, só falo que é muito importante ela vim aqui. Ela diz que sim.

Quando ela chega aqui eu pego a pasta na mochila, não sei por que eu não queria ler sozinha. Não sei se é porque tô com medo do que vai dizer ou porque não vou saber ler, talvez as duas coisa. Começo a ler.

— Terminei uma sessão com Claireece Precious Jones. Precious, como ela gosta de ser chamada (é, né, sua vaca, é o meu nome!), é uma afro-americana de 18 anos. Segundo seus professores na Cada Um Ensina a Um, ela é um sucesso (não sei que palavra é essa!) f-e-n-o-m-e-n-a-l. — (Jermaine olha por cima do meu ombro, diz que também não tem certeza do que é isso, mas, pelo conteúdo, deve ser bom!) — Tendo dado passos tre_men ... tremendos! Ela parece se en... — (Jermaine diz: "engajar") — em todos os aspectos do processo de aprendizagem. No entanto (ah, ah, a vaca branca vai começar com *no entanto*!), suas notas no Teste de Educação Básica de Adultos são lamentavelmente baixas. — (Não para a Srta. Rain! Não para a Srta. Rain! — digo) — Ela tirou 2,8 no último teste — ("E daí! A Srta. Rain..." — Jermaine interrompe. "Cai na real e continua lendo o relatório e não fica toda estressada com o que essa vaca branca tá dizendo. De qualquer modo, se sua merda de leitura não fosse boa você não taria aqui lendo o que a... como é o nome dela?" "Srta. Weiss." "O que a Srta. Weiss tem a dizer.") — Ela vai precisar pelo menos de um 8,0 antes de poder entrar na turma do DEG e começar a trabalhar para sua e-q... — (Jermaine diz: "Equivalência." Eu quero dizer: eu sei, não fala a palavra se eu não perguntar! Mas nunca falo nada assim com Jermaine.)

"Abdul é o segundo filho da cliente (ah, agora eu sou *a cliente*); nascido em 1988, segundo todas as aparências este rios — (Jermaine diz: 'É exteriores') — Certo, segundo todas as aparências *exteriores*, um menininho saudável e bem-ajustado. Precious atende às necessidades dele a-s-s-i-d-u-a-m-e-n-t-e (que coisa!) e com grande afeto e de... — ('Dedicação', diz Jermaine) — busca qualquer informação possível sobre a criação de filhos. — (Acho que porque eu sou mãe dele!) — A cliente... — (Sou a cliente de novo! Sinto babaquice vindo pela frente. Na verdade *estou* enjoada. Entrego os papéis pra Jermaine e digo a ela: 'Termina de ler.') — A cliente fala sobre sua vontade de conseguir seu DEG e ir para a faculdade.

"O tempo e os recursos que seriam necessários para esta jovem receber um DEG ou entrar na faculdade seriam consideráveis. Apesar de estar agora na escola, este não é um programa de preparação para emprego. Quase toda a instrução parece girar em torno da a-q — (Agora Jermaine tá soletrando) — u, a-qui-si-ção aquisição da linguagem! ('O que é isso?', pergunto. 'Você sabe, conseguir. Aquisição de linguagem, conseguir um pouco de linguagem.' — A professora, Srta. Rain, dá grande ênfase à redação e à leitura de livros. Pouco trabalho é feito com computadores ou com livros didáticos de múltipla escolha pré-DEG e DEG disponíveis a baixo custo para programas de educação profissional.

"Precious é capaz de trabalhar agora. Em janeiro de 1990, seu filho fará 2 anos. De acordo com a nova iniciativa de reforma da previdência eu sinto que Precious iria se beneficiar de qualquer um dos programas de estímulo ao trabalho que existem. Apesar de suas óbvias limitações intelectuais, ela é bastante capaz de trabalhar como auxiliar doméstica. — ('Auxiliar doméstica? Não quero ser nenhuma porra de auxiliar doméstica! Quero ser...' 'QUIETA!', diz Jermaine.)

"Minha comunicação com Precious é mínima! Ainda que eu não saiba exatamente com quem, ela evidentemente tem acesso a serviços de aconselhamento fornecidos pela Cada Um Ensina a Um.

"Ela tem uma história de abuso sexual e é HIV positiva. — ('A vaca disse que não ia pôr isso na minha pasta! Vaca!' 'Se você contou a ela, tá aí. Esse é o trabalho da vaca, saber das suas coisas!', diz Jermaine.) — A cliente parece ver o sistema de previdência social e seus proponentes como inimigos, no entanto, ao mesmo tempo que fala de uma vida independente, parece visualizar a previdência social cuidando dela para sempre.

Jermaine me entrega a pasta.

— De jeito nenhum! — grito. — Eu vou tirar meu DEG, vou conseguir um emprego e um lugar pra mim e pro Abdul, depois vou pra faculdade. Não quero ser "auxiliar doméstica" de ninguém.

— Fica quieta! — Jermaine fala baixinho. — E guarda essa merda de volta antes que você arranje encrenca. — Só fico ali, sentada. Ela empurra a pasta pra mim de novo. — Guarda. Vamos falar sobre isso com a Srta. Rain de manhã.

— Vamos colocar as cadeiras em círculo, turma — diz a Srta. Rain —, e escrever um pouco nos diários, depois vamos conversar. Se quiserem abordar o assunto apresentado pela Precious...

— Que assunto? — Aisha, a garota índia espalhafatosa da Guiana.

— Atendimento social ao trabalho e educação.

— O que é que tem? — diz Bunny, uma garota magra *de verdade* com dentes podres.

— Qualquer coisa ou coisa nenhuma; se quiserem falar desse assunto, tudo bem, mas não precisam se não quiserem. Vocês têm 20 minutos para escrever nos diários. — Ela olha o relógio e diz: — COMECEM.

3/5/89

Eu não tô exatamente em nenhum estado de choque. Sabia que a vaca branca tinha alguma coisa enfiada na manga. A Srta. Weiss. Foda-se ela. Não preciso dela se ela só consegue me ver limpando as bunda dos velho branco. Tô passando por todo esse negoço de aprender a ler e escrever pra não ser nenhuma porra de auxiliar doméstica. Rhonda precisava ir até Brighton Beach, lá longe, onde trabalhava pros escroto.

Se eu trabalhar 12 hora por dia, dormindo na casa das pessoa tipo Rhonda fazia, quem vai cuidar do Abdul? Os branco tinham ela lá o dia e a noite toda, "de plantão", era como eles dizia. Mas a gente só recebe oito hora (as outras 16 é escravidão?), de modo que é 8 x US$3,35 = US$26,80 por dia, mas na verdade a gente não ganha isso tudo porque tá trabalhando mais de oito hora por dia. A gente tá trabalhando 24 hora por dia e US$26,80 dividido por 24 é US$1,12. Rhonda disse que a vaca velha tocava um sino quando queria Rhonda no meio da noite. Em geral as auxiliar doméstica trabalham seis dia por semana. Eu só ia ver o Abdul nos domingos? Quando eu ia à escola? Por que eu tenho que trocar fralda de uma branca e depois ganhar dinheiro por isso e pagar uma babá pra trocar a fralda do meu neném? E a escola? Como eu posso melhorar a leitura e a redação se não posso ir pra escola?

Preciso resouver isso antes do aniversário do Abdul. É quando as cartas começam a chegar. A carta diz: se você quer continuar recebendo a Ajuda às Famílias com Crianças Dependentes apresente-se ao local XYZ em tal e tal data ou seu dinheiro será cortado. Quero dizer, eu não sei exatamente o que diz, mas deu pra entender, um monte de garotas me contou o que acontece com elas.

— Certo — diz a Srta. Rain. — O tempo acabou. Alguém quer compartilhar com a turma?

Sou a única que levanta a mão.

— Certo, Precious, vai fundo — diz ela.

— Eu não quero de verdade ler tudo que eu escrevi, só quero dizer sobre o que eu tô escrevendo e como ficou. E como tô chateada de verdade...

— O que *aconteceu*? — pergunta Aisha.

— Pra resumir, a assistente da Casa do Progresso ficou me pressionando pra falar sobre a minha mãe e o meu pai etc., etc., mas na verdade isso tem a ver com o auxílio ao emprego...

— Como você sabe? — pergunta Rhonda.

PRECIOSA

— Porque eu roubei minha pasta da Casa do Progresso e li. Todo esse negócio de "O que você quer ser?" e "Você pode falar comigo". Elas não são terapeutas porra nenhuma do nosso lado, só tão lá pra xeretar pra previdência.

Jermaine entra no meio.

— Se eles só quer colocar a gente no trabalho escravo e a gente quer continuar indo pra escola, então isso quer dizer que eles têm um plano diferente pra nós. E eu vô tirar o lugar dos irmãos e irmãs que têm serviço de faxina de verdade porque vou trabalhar de graça lá. E que tipo de merda é essa de alguém que nem a Precious ter que sair da escola antes de tirar o DEG para trabalhar e morar num emprego pra uns branquelo velho e coisa e tal? Ela nunca vai subir na vida se ficar presa nessa mesma merda!

— É — diz a Srta. Rain —, mas será que roubar...

— Srta. Rain, se eu não roubasse aquela pasta não ia saber quais era minhas dificuldade!

— Você leu tudo sozinha? — pergunta a Srta. Rain.

— É, basicamente — digo, e depois: — Eu vou ter que ser auxiliar doméstica?

— Não! — a Srta. Rain diz. — Então pare de se preocupar com isso. Vamos enfrentar isso na hora certa. Confie em mim — ela diz, e depois: — Não, confie *em você*. Mas o que me preocupa agora é que, se essa tal de Srta. Weiss é alguém que eles mandaram falar com você para tentar trabalhar sua história e você não consegue confiar nela, você não está recebendo a ajuda de que precisa.

— Bom, eu só escrevo no meu caderno até aparecer algum tipo de terapeuta que eu confio. Na verdade isso me ajuda mais do que quando eu falo com ela. Além disso eu vou começar a ir com a Rita no grupo de sobrevivente de inseto...

— *Incesto* — a garota chamada Bunny diz.

— Foi o que eu quis dizer.

— Bom, não é o que você disse.

— E daí, inseto, incesto, o que é que tem?

— Um é quando seus pais molesta você, o outro é tipo barata ou mosquito — diz Bunny.

Caio na gargalhada.

A Srta. Rain me olha engraçado e diz:

— Precious, você já fez exame de audição?

— Não. — Na verdade eu nunca fiz exame de nada. O que eu quero mesmo é óculos. Pra meus olho não ficar tão cansado de noite quando eu tô lendo. Mas a gente não pode ficar se agarrando tanto nos detalhe quando tá tentando sobreviver.

— Certo. Vamos colocar as cadeiras enfileiradas e trabalhar nas cartas comerciais que começamos na semana passada.

Há uma semana mais ou menos Jermaine tá colocando a história dela no livro. O título, só o título já incomodou a turma: *Sapatão do Harlem*. Que tipo de título é esse! Jermaine escreveu que nem um poema. Ela é a que escreve melhor. A gente mal consegue esperar pra ler.

Agora eu escrevo todo dia, às vez durante uma hora. A Srta. Rain liga e diz que eu fico até mais tarde pras atividades na escola e pra babá ficar com o Abdul até duas horas e na semana seguinte eu recebo dinheiro extra no meu vale do almoço (não que eu possa comer o almoço de *hoje* com o dinheiro da semana que vem, mas mesmo assim sabe como é...). Penso um bocado no meu futuro. Penso um bocado. O tempo todo. A Srta. Rain diz que eu sou intelectualmente viva e curiosa. Só tô tentando entender o que tá acontecendo aqui. Como o que acontece comigo poderia acontecer nos tempos modernos. Acho que ainda tô tentando descobrir só o que *aconteceu* comigo.

O que aconteceu comigo? Não posso simplesmente falar com a assistente. Ela me olha que nem se eu fosse uma doida feia que fez alguma coisa pra fazer a minha vida como é. Ela tá tentando fazer eu ir trabalhar limpando a bunda de brancos velhos.

Quando eu tive um neném com 12...

Não quero chorar. Digo a mim mesma que NÃO VOU chorar quando tô escrevendo, porque a primeira coisa é que eu paro de escrever e a segunda é que eu não quero ficar chorando que nem as vacas brancas nos filmes de TV. Já que eu não sou nenhuma vaca branca. Agora entendo isso. Não sou uma vaca branca. *Por dentro* eu não sou Janet Jackson nem Madonna. Sempre pensei que eu era alguém diferente por dentro. Que eu só era gorda, preta e feia pras pessoas DE FORA. E se elas pudessem ver *dentro* de mim iam ver uma coisa linda e não iam ficar rindo de mim, jogando bola de cuspe em mim (merda uma vez um criolo na escola cuspiu em mim quando eu tava grávida) e semente de árvore em mim, e mamãe e papai iam me reconhecer como... como, não sei, Precious! Mas não sou diferente por dentro. O por dentro que eu pensava que era tão lindo também é uma garota negra. Mas vou dizer o que eu ia dizer. E então vou deixar tudo isso pra trás e nunca mais falar de novo. Não culpo ninguém. Só quero dizer que quando eu tinha 12 anos, *12*, alguém tinha que me ajudar pra não ser como é agora. Se — a Srta. Rain diz que "se" e "mas" devem ser as duas palavras mais inúteis da língua, isso é, às vezes, ela diz, porque se fossem inúteis mesmo iriam deixar de ser usadas. Por que ninguém botou o Carl na cadeia depois que eu tive um neném dele quando eu tinha 12 anos? É minha culpa porque eu não falei com os polícias?

    Hoje é a noite que Rita vai me levar na reunião dos Sobreviventes do Incesto. Vamos de ônibus. O Harlem é pequeno, mas quando você *tá dentro* dele parece o mundo. Eu tenho um mapa do metrô na porta do meu quarto, mostra todos os lugares aonde o metrô vai. O metrô vai no Queens, no Brooklyn. Às vezes eu olho pra ele e penso onde eu estaria se estivesse no trem e fosse até o fim da linha ou saísse, digamos, hmmm, vejamos, que tal no Bolevar Lefferts no Queens ou na Middletown Road no Bronx? Que tipo de cidade ou parte de Nova York será. Jermaine diz: vai ter um garoto branco com um bastão de beisebol quando você sair do metrô. Rita diz que isso NÃO é verdade, ou se for verdade é verdade só em parte.

Então lá vou eu! Precious indo pro centro da cidade. Precious que nunca vai pra colônia de férias; ouve a galera falar das colônias de férias aonde os branquelos vão. Verbas para o Ar Puro, liga da polícia e coisa e tal. Uma terra feita de barracas e lagos. Mas talvez se eu tivesse ido pra colônia de férias ia ser que nem na escola de antigamente, sem amigos. Eu e Rita pegamos o 102 pro centro. Rita consertou os dente. O cara novo que ela tá agora tem dinheiro. Um cara branco. Tem HIV também. Ele *adora* Rita. Era viciado (eu não sabia que tinha branco viciado). Os pais dele pararam de dar dinheiro quando ele ficou viciado. Mas agora que ele tá doente eles querem dar tudo pra ele. Além disso ele tem emprego de terno e gravata, pasta, a coisa toda. Rita tem um sonho, ele apoia. Nós todos apoia. Rita quer uma casa no Harlem pra mulheres com HIV e os filho. Eu posso apoiar isso. No meu diário escrevo:

roda de ônibus
me leva
pelo tempo
passo por uma mãe Mamãe
primeiro a gente vê
os prédios olhando
um desenho animado ao contrário
vê eles sendo montado
de trás pra frente
é esquisito. (Sou Homero numa viagem

mas dos nossos tijolos vermelhos em pilhas
que eram prédios há pouco
e janelas com olhos de vidro
preto quebrado.
a gente chega a prédios ruins
mas não *tão* ruins
varredor de rua
depois a gente chega num lugar
de
tudo bonito
janelas grandes de vidro
lojas
gente branca
casacos de pele
blue jeans
é uma cidade diferente
tô numa cidade diferente
Quem eu ia ser se eu crecesse
aqui?
onde um cachorro poodle
não tá na tv
mas andando pela rua
na coleira da vaca
branca e magrela.
É dela a bunda que
eles querem
que eu limpo?

Pra quem eu vou empurrar a cadeira de rodas...
Mato eles primeiro.

TYGRE TYGRE
LUMINOSO

É o que tem no
coração de Precious
Jones — um tygre.
livrarias
café
BLoomydales!
O ônibus continua andando

A gente saltamos na rua 14. Rita diz que podemos pegar um ônibus que atravessa a cidade de lado ou andar. Eu digo andar; assim a gente anda até a 7ª Avenida onde fica o Prédio do Centro de Lésbicas e Gays. Rita não é gay mas é lá que é a reunião. A gente vai na reunião de terça-feira dos Sobreviventes de Incesto Anônimos. Nunca estive aqui antes. A Srta. Rain, Rita, Rhonda e Jermaine e a mãe da casa, todas dizem VÁ. Então eu vou!

O centro é grande.

Quando eu entro na reunião não falo nada. É gente sentada em círculo. Era pra eu falar. Nunca vou falar aqui! Pra falar aqui eu preciso contar como me sinto no meu corpo. A guerra. Meu corpo minha cabeça não sei dizer direito. Como é que eu sou tão nova e me sinto tão velha. Tão nova que nem que não sei nada, tão velha tipo sei tudo. Uma garota que teve o pau do pai na boca sabe coisas que as outras garotas não sabem mas não é o que a gente quer saber.

Aqui é tudo garotas! Elas sentam em círculos, com as caras que nem relógios, não, bombas. Bombas com cabelo, peitos e vestidos. Depois que sento aqui 5 minutos sei que sou uma bomba também. Só ficar sentada aqui fazendo o que elas vão fazer me impede de explodir. Obrigada Rita por me trazer aqui a tempo.

— Olá. — Ela parece uma estrela de cinema! Magra, cabelão, olho que nem estrelas, lábios vermelhos. — Meu nome é Irene. Sou sobrevivente de incesto.

Meu queixo cai. Uma pessoa assim.

— Começou quando tinha, ah, uns 4 ou 5 anos, com ele me acariciando (passando a mão nela). Quando tinha 12, ele estava tendo relações comigo três ou quatro vezes por semana.

Agora tudo tá flutuando em volta de mim. Como gansos do lago. Vejo as asas batendo batendo, ouço gansos. São mais pássaros do que gansos. De onde vem tanto pássaro. Vejo voando. Sinto voando. *Tô* voando. Lá no alto, mas meu corpo tá cá embaixo no círculo. Precious é pássaro.

Alguém tá segurando minha mão. É Rita. Ela tá massageando minha mão. Volto de ser pássaro e escuto a garota bonita chorando. Sinto o cheiro de mamãe. Carl, o jeito dos joelho dele de cada lado do meu pescoço.

A garota diz:

— Obrigada por me deixarem compartilhar. — Ela diz: — Esta é uma reunião de terça-feira para iniciantes. Quem quiser compartilhar levante a mão. — Levanto minha mão. Minha mão tá subindo pelo meio do cheiro de mamãe, minha mão tá empurrando o pau de papai pra longe do meu rosto.

— Eu fui estrupada pelo meu pai. E levava surra. — Ninguém tá falando, só eu. — Mamãe enfiava minha cabeça na... — não consigo falar mais não. A garota linda sussurra pra mim. — Você terminou? — Eu digo sim. Ela diz: — Escolha a próxima pessoa. — Levanto os olho dos meus tênis, são Nike; garotas levantam a mão. Escolho a garota de macacão com olho azuis. Agarro a mão de Rita, escuto. Escuto a garota estrupada pelo irmão, escuto a velha estrupada pelo pai — que não lembrava até que ele morreu quando ela tinha 65 anos. Garotas, velhas, mulheres brancas, um monte de mulheres brancas. A irmã mais nova da garota foi assassinada pelo *culto*? Garota judia, a gente tinha dinheiro em Long Island (tipo Westchester), meu pai era um importante psiquiatra infantil. Começou quando eu tinha uns 9 anos. Garotas tipo Jermaine, sou lésbica orgulhosa. Mas é a única coisa que me orgulha; fui confinada numa instituição psiquiátrica durante 14 anos, com diagnóstico de esquizofrenia...

O que eu tô ouvindo!

Uma hora e meia as mulheres falam. Será que isso pode ser feito com tanta gente? Sei que não tô mentindo! Mas elas tão? Eu achava que culto era coisa de filme. Que tipo de mundo é esse com nenéns estrupados. Um pai quebrou o braço de uma menina. Fala macio você chupa o pau dele. Tem todo tipo de mulher aqui. Garotas princesas, umas garotas gordas, mulheres velhas, mulheres novas. Uma coisa a gente tem em comum, não, *a coisa*, é que a gente foi estrupada.

Depois a gente sai na pausa pro café. Nunca tive "pausa pro café" antes. Rita passa o braço pelo meu ombro, eu peço chocolate quente porque é isso que eu gosto. A garota loura que é aeromoça diz:

— Precious! Que nome lindo!

Tô viva por dentro. Meu coração é um pássaro. Mamãe e papai não vencem. Eu tô vencendo. Tô bebendo chocolate quente no Village com garotas — de todo tipo que gostam de mim. Não sei como é que isso é. Como mamãe e papai me conheciam durante 16 anos e me odiavam, como uma estranha me conhece e gosta de mim. Deve ser o passado que carregavam.

Tem uma garota negra do outro lado da mesa com cabelo comprido bonito em dreadlocks que nem a Srta. Rain. Mas não destrambelhado que nem o da Srta. Rain. Eu me surpreendo:

— Como você consegue ficar com o cabelo assim?

— Ah — ela diz — gostou? Eu faço o seu um dia, se você quiser. É isso que eu faço: ajeito o cabelo e a maquiagem dos outros. — Ela me dá um cartão!

Rita pergunta se eu quero mais um chocolate quente. Quero mas não quero ser gananciosa. Ainda que o namorado dê dinheiro pra ela, ela tem coisas melhores pra gastar do que a Precious Jones. Ela me abraça e pergunta pra garçonete:

— Por favor, mais um chocolate quente e um cappuccino. — Gosto como Rita é, ela conhece o mundo, sabe agir e coisa e tal. Às vez eu não saco nada!

Bom, hoje tem sessão de aconselhamento com mamãe. Ela liga pra cá, liga pra cá, *liga* pra cá, pedindo à assistente social pra me ver. Eu digo à Srta. Weiss que não. Então a Srta. Weiss diz que eu *deveria* falar com ela. Por que eu deveria? Pelo seu próprio bem, por você mesma, para ver o que ela tem a dizer. A reunião deve ser hoje às 16 horas.

O relógio marca um minuto pras 16. Desço um dois três quatro cinco seis sete oito degraus, depois um patamarzinho depois mais oito degraus. Passo pela porta, 16h01. O que ela quer agora?

Mamãe tá sentada no sofá verde grande. A Srta. Weiss tá me olhando esperando eu sentar. Sento. A Srta. Weiss diz pra mamãe:

— Bom, Sra. Johnston, posso chamá-la de Mary?

— Não me importo. — Mamãe olha pros sapatos que são sapatos grandes de homem. A sala tá toda com cheiro esquisito. Mamãe fede. Tá com um vestido laranja grande sem manga, rasgado embaixo dos braços. O cabelo todo fudido. Os olho parecem idiotas sem as faíscas vermelha de diabo de quando me bate.

Acho que a Srta. Weiss pirou de vez. Mente pra mamãe, me embroma. Provavelmente mamãe acha que vir aqui falar com a Srta. Weiss na sessão de aconselhamento vai me levar de volta, eu e o Abdul. Então por que fazer isso? Não saco o que a Srta. Weiss tá fazendo. Eu preciso de uma casa pra mim e o Abdul. A Casa do Progresso é pra mulheres e garotas com nenéns recém-nascidos e pequenos. Eu preciso sair logo dessa porra. Quero acabar na Cada Um Ensina a Um e ir pro meu DEG. Quero talvez tirar a Monguinha da casa dos retardados onde ela fica deitada no chão usando roupa mijada mas a Srta. Weiss quer saber de minha lembrança mais antiga da minha mãe? Abro meu caderno e olho.

qual é minha primera ~~lebransa~~ lembrança da minha
mãe? um cômodo pequeno xeio dos meus pais.
fede. lata de peixe em conserva largada aberta na
cozinha no dia quente é o que isso faz lembrar.
aquele cheiro. ele bota o ovo dele na minha cara.
anos que nem máquina de lavar rodando e rodando.
a boca de mamãe aberta que nem o lobo mau. o
cheiro mais forte do que do vaso sanitário. os dedo
dela abre minha buceta. noite. rato envenenado.
não tenho sonhos.

Fecho o caderno.

— Bom, Mary, quer começar a falar um pouquinho sobre o abuso? — a Srta. Weiss diz a mamãe.

— Que abuso?

PRECIOSA

— Bom, segundo a ficha de Precious ela teve dois filhos com seu namorado, o falecido Carl Kenwood Jones, que também é *pai dela*? A senhora andou ligando para cá dizendo que queria se reunir com sua filha e seu neto, que quer que eles voltem para casa. Bom, acho que seria melhor explicar o que aconteceu naquela casa.

Ah, mamãe, por favor não cai nessa!

— Bom, eu... a Precious, o lugar dela é em casa.

Mamãe por favor fica quieta.

— Quando, com que frequência e onde acontecia o abuso? Quando a senhora soube do que estava acontecendo, Sra. Johnston?

— Acho, ele aparecia, a senhora sabe. Eu acordava de noite, de madrugada, ele não tava comigo, eu sabia que ele tava com ela. Quando começou? Não sei. Eu sou uma mãe boa. Ela tinha tudo. Eu disse isso pra ela. Carrinho de neném rosa e branco, meinha soquete branca, vestidos; tudo que eu botava nela era rosa. A Precious vivia rindo e era saudável. Não passava um dia que eu não levava ela pra passear lá fora. Mesmo se tava frio eu levava ela pra fora, pra igreja, pra tudo que é lugar, eu e o Carl, meu marido, como eu chamo ele, amava Precious. Eu amava ele. Eu sonhava que um dia a gente ia, a senhora sabe, casar, ter uma casa com grama, TV colorida em tudo que é cômodo. Precious nasceu mais ou menos no mesmo tempo do filho da Sra. West que foi morto. Você lembra dele, não lembra, Precious?

O que ela tá falando?!

— Ele nasceu no verão, mais ou menos no mesmo tempo que você.

— Eu nasci em novembro — digo. Pelo menos é o que sempre pensei.

— É, isso mesmo. Minha filhinha escorpião! Escorpião é malandro. Não tô dizendo que eles mente, só que nem sempre dá pra confiar neles. Mas de qualquer modo Precious tinha mais ou meno a mesma idade do Gary, o filho da Sra. West que foi morto, uns mês a mais ou a menos! Mas ahhh! A Precious era rápida! Andou, falou, tudo antes do filho da Sra. West. Os dente dela, tudo. Os dente crescia que nem os do Pernalonga! Ela dava uns passinho de dança e ele nem andava direito. Eu botava o Kool and the Gang, lembra, Precious, você lembra? Eu botava o Kool and the Gang e você dançava discoteca? Ela teve uma infância feliz e coisa e tal, Carl é só um homem de natureza elevada...

Não acredito na minha mãe! Por que ela não para com essa merda de diarreia!

— Quando? Não sei quando começou. Quando eu lembro? Ela ainda era pequena. É, uns três anos, talvez. Eu dava mamadeira pra ela. Ainda tinha leite no peito mas não pra ela, mas do Carl chupar. Eu dava o peito pra ele e a mamadeira pra ela. Higiene, sabe?

— Hein? — a Srta. Weiss perguntou.

— Hein? — mamãe perguntou de volta.

— A senhora mencionou alguma coisa sobre higiene ligada a... a... — a Srta. Weiss não pôde terminar.

— Eu dava a mamadeira pra ela, os peito pra ele. Mamadeira é melhor pras criança. É sanitário. Mas eu nunca sequei porque o Carl vivia me pegando. A senhora sabe, é assim. Filho, homem — a mulher tem os dois. O que a gente vai fazer? A gente tava na cama. Eu botava ela de um lado de mim, no travesseiro, o Carl ficava do outro lado de mim.

A Srta. Weiss parecia que tinha parado de respirar.

— Carl ficava com meu peito na boca. Não tem nada de errado com isso, é natural. Mas acho que foi nesse dia que ISSO começou. Não lembro nunca de nada antes disso. Ele chupando meu peito. Meus olhos fechado. Sei que ele tava ficando duro, dava pra ver sem os olho, eu amo ele demais.

Ahã, eu fui criada por uma idiota psicopata maníaca.

— Ele subiu em cima de mim, sabe. A senhora entende?

Não. Conta mais, vaca idiota.

— Então ele tava em cima de mim. Depois ele estendeu a mão pra Precious! Começou com o dedo entre as perna dela. Eu falei, Carl o que você tá fazendo! Ele disse fecha essa matraca gorda! Isso é bom pra ela. Depois ele saiu de mim, tirou a fralda dela e tentou enfiar o negócio dele na Precious. Sabe o que me pirou foi que o negócio quase conseguiu entrar na Precious! Acho que ela era um bebê monstro naquele tempo. Eu falei para, Carl, para! Eu queria ele em *mim*! Eu nunca queria que ele machucava ela. Eu não queria ele fazendo *nada* com ela. Eu queria meu homem pra mim. Que ele fazia sexo comigo, não com minha filha. Então a senhora não pode *me* culpar de toda essa merda que aconteceu com a Precious.

Eu amo o Carl, eu amo ele. Ele é pai dela, mas ele era meu homem!

Agora a Srta. Weiss olha pra mim.

— Precious, você escreveu sobre isso em seu diário?

— Isso e outras coisas.

— Ela escreve poemas também, a dona do Cada Um Ensina a Um disse. — Isso foi mamãe. Mamãe tá 100%, não, 99% maluca.

— Gostaria de compartilhar um pouco disso nesta sessão? — pergunta a Srta. Weiss.

— Não.

— Por quê?

— A Srta. Rain diz que o diário é completamente confidencial. Pra compartilhar se quiser. Se não quiser, não. Eu não quero.

Saio. São 16h45. De pé! Um, dois, três, quatro, cinco, seis, sete, oito degraus. Odeio mamãe, ela não é merda nenhuma. Não sinto nada perto dela, tipo *menos* nada. Preciso sair daqui.

Desço até a cozinha onde está a mãe da casa.

— Dona Mãe!

— Para de gritar! — diz ela. — O que há de errado com você?

— A senhora pode pegar o Abdul na creche, dar comida e ficar de olho nele até eu poder ir na reunião do Corpo Positivo?

— Esta não é a sua noite...

— Por favooor eu preciso sair daqui!

— O que aconteceu com sua mãe?

Imito mamãe:

— "Você não pode *me* culpar por tudo que aconteceu com a Precious. Eu queria *meu homem* pra *mim!*"

— "Eu queria o meu homem pra mim!" Puxa, essa vai entrar nos livros de história. É, eu cuido daquele bagunceirinho! Você tem um bocado de tempo antes das 18h30, por que não janta um pouco antes de sair daqui?

— Eu ia pegar meu caderno do diário e escrever no ônibus em vez de pegar o trem.

Ela vai até a bolsa dela e pega aquela bolsinha velha de moedas, tão velha que parece a avó azul de alguém, e me dá três dólares. Alguma coisa se rasga dentro de mim. Quero chorar mas não consigo. É tipo se uma coisa dentro de mim ficasse rasgando mas eu não consigo chorar. Penso em como estou *viva*, cada parte de mim que é células, proteínas, nêutrons, pelos, buceta, olhos, sistema nervoso, cérebro. Tenho poemas, um filho, amigas. Quero tanto viver. Mamãe me lembra que talvez eu não consigo. Tenho esse vírus no meu corpo que nem uma nuvem na frente do sol. Não sei quando, não sei como, talvez demore muito tempo, mas um dia vai chover.

Começo a chorar mas é porque tô furiosa. Dona Mãe enxuga meu rosto e me dá mais dois dólares!

— Hmm, eu devia chorar mais vezes!

— Você está um estrago só! Saia daqui!

Pego minha jaqueta e os óculos escuros. Todo mundo nessa casa vai a reuniões, tá em "recuperação". De que eu tô me recuperando? Não sou viciada em crack. Às vezes fico furiosa demais. Mamãe jogou minha vida pelo ralo como se não fosse nada. Eu tenho essa merda toda pra resolver.

— Não esqueça o caderno — é a Dona Mãe.

Todo mundo sabe que eu escrevo poemas. As pessoas me respeitam. Saio. Está chovendo. Bom.

A reunião é boa, é pra garotas HIV positivas entre 16 e 21 anos. A Srta. Rain diz que as pessoas que mais ajudam a gente (*às vezes*) são as que tá no mesmo barco. Eu comecei a começar minha história no livro grande da escola. Quero terminar antes de passar pro DEG.

Na semana passada a gente foi no museu. Tem uma baleia inteira pendurada no teto. Grande de montão! Certo, você já viu um fusca? Aham, você sabe o que eu tô falando. O coração de uma baleia azul é desse tamanho. Sei que não é possível, mas se aquele coração tivesse em mim será que eu podia amar mais? A Srta. Rain, Rita, Abdul?

Eu gostaria.

Abdul fez o exame. Ele não é HIV positivo. Uma coisa assim faz eu sentir o que a Rhonda, o que o Farrakhan diz: existe um Deus. Mas quando eu penso nisso fico mais inclinada a ir atrás da Shug em *A cor púrpura*. Deus não é branco, não é judeu nem muçulmano, talvez nem seja preto, talvez nem seja um "ele". Agora mesmo eu vou no centro da cidade e vejo as merdas ricas que eles têm, vejo o que a gente tem também. Vejo aqueles homens nos terrenos baldio dividir um cachorro-quente e eles são sem teto, isso é bom que nem Jesus com os peixe dele. Eu lembro quando tive minha filha. A enfermeira foi legal comigo — tudo isso é Deus. Shug, em *A cor púrpura*, diz que é a "maravilha" das flores roxas. Eu sinto isso, apesar que eu nunca vi nem tive flores que nem as que ela fala.

Não tô feliz em ser HIV positiva. Não entendo por que umas pessoas têm boa escola, boa mãe e bom pai e umas não têm. Mas Rita diz pra esquecer essa merda de POR QUE EU e passar pro que vem em seguida.

Não sei o que vem em seguida. Fiz a prova do TEBA de novo, dessa vez tirei 7,8. A Srta. Rain diz que foi um salto quântico! Tipo que eu tava num lugar e em vez de subir um degrau, dei um salto! O que essa nota quer dizer de verdade? De acordo com o teste eu leio no nível da sétima ou da oitava série. Antes eu tirei 2,0 e 2,8 na prova. O tempo do 2,0 foi bem ruim porque eu não conseguia ler nada (a prova só dava 2,0, mesmo que você não preenchesse nada). Eu preciso subir até o nível da galera do ensino médio, depois da faculdade. Sei que consigo. A Srta. Rain disse pra não me preocupar, que vai dar certo. Ainda tenho tempo.

É domingo, não tem escola, não tem reuniões. Tô na sala de estar da Casa do Progresso, sentada num banco de couro grande segurando o Abdul no colo. O sol tá passando pela janela e batendo em cheio nele, nas folhas do livro dele. Chama-se *O ABC negro*. Adoro segurar ele no colo, abrir o mundo pra ele. Quando o sol brilha nele assim, ele é minha criança anjo. Sol marrom. E meu coração fica cheio. Dói. Um ano? Cinco? Dez anos? Talvez mais, se eu cuidar de mim. Talvez uma cura. Quem sabe, quem tá trabalhando nessa merda? Olha, o nariz dele é tão brilhante, os olho brilhantes. Ele é meu menino marrom brilhante. Na beleza dele eu vejo a minha. Ele tá puxando meu brinco, quer que eu pare de sonhar acordada e leia uma história pra ele antes da hora de dormir. Leio.

HISTÓRIAS DE VIDA

O livro da nossa turma

Leitura 1

Seg-qua-sex 9 ao meio-dia

Educação Alternativa/
Cada Um Ensina a Um

Instrutora: Blue Rain

toda manha
Precious J.

Toda manha
eu iscrevo
um poema
antes de ir pra
escola
o chapeU tem Tres ponta
mas tenho um filho
um HIV
que me acopanha
pa escola
um dia.

De manha
Precious Jones

De manha é uma rotina
ate 6 horas
lavo os dente, boto a roupa
   lavo os dente do Abdul, a cara, o bumbum
   visto ele
cafe da manha pras criança
   a gente vai na cozinha
   arranja uma coisa pra ele
   é bom o que tem la
   o que tem la pros nenem
   é bom
aveia
creme de trigo
creme de arroz
pure de massan
   ou torrada com ovo
   bacon Não dexo Abdul comer bacon
Boto Abdul com um beijo
   no colo de otra mulher

q
  u
    e
      b
        ra de rotina
corro pra me vestir
   fazer cha (não gosto de cafe)

> pego os livro
>   ando
> manha ruas molhada
> no meio das árvore vazia
>   tem lugares secreto
>   de diamantes verde
>   chamados de grama.

MINHA VIDA
Rita Romero

Nossa casa, que era um apartamento, era cheia de coisas lindas, sofá de veludo, cortinas de renda, estátuas da virgem, velas e lustres. Minha mãe era tipo uma médium. Não de macumba: jogar búzios, flores amarelas pra Oxum e essa coisa toda, mas mais do tipo cigana: cartas e bola de cristal. Sempre tinha gente entrando e saindo de casa; gente legal, me dava um caramelo ou bala azedinha, carinho na cabeça. Minha mãe era escura, morena, sabe? A gente, os porto-riquenhos, tem tipo 1 milhão de palavras pra cor. Mas para mim, todo mundo, ela era linda. Ela parecia tipo, já viu aquela artista de cinema de muito antigamente, Dorothy Dandridge? — era assim que minha mãe era, só que o cabelo de Mami era que nem um rio preto, grosso e comprido descendo pelas costas. Os olho, eu sempre pensei que os olho de mamãe era que nem azeitonas. Coisas pretas que podiam ver, mas tão intensas que daria pra comer. Talvez, rio, se a gente pudesse comer os olho de Mami poderia ver na bola de cristal também.

Meu pai, honestamente não lembro muito dele, mas sei que ele estava lá todo dia. Sei que ele é branco porque ele me dizia isso, me di-

zia que eu sou branca. Aposto que é o que Mami
era, não o que ele era. Mami dizia que ele só
é mais um cucaracha com lavagem cerebral. Ele
tinha uma oficina na avenida Tremont onde trabalhava
com carros batidos. De Mami é o feijão
com arroz, carne de porco assada, flan, os
vestidos de renda rosa e amarelos que uso na
missa. Dele é fica quieta fica quieta vai ajudar
sua mãe a limpar esse lugar tá uma bagunça
tá uma bagunça fala inglês fala inglês FALA
INGLÊS. É por causa dele que eu não falo espanhol.
Ele diz à mamãe fala inglês fala inglês
faz as crianças falar inglês. Você quer que
eles cresce que nem você puta que não consegue
arranjar emprego. Puta, prostituta vaca eu
sei o que você tá fazendo com esses caras enquanto
eu me mato de trabalhar. Se um dia eu
pegar você eu mato você, sua puta, escutou?
eu mato você. Então ele me agarra, segura meu
braço perto do dele, olha OLHA. Olha, ele diz,
você é BRANCA. Você não é criola morena PUTA.
Ele é maluco ele não faz sentido. Mami não é
assim. Ele grita com Mami.

— Meus filhos são BRANCOS! — Mami só fica
apavorada.

Tô com 6 anos. As paredes da sala são marrom.
O sofá de veludo com os paninhos de renda
branca é da mesma cor da parede. É tão
bonito. É o meu predileto. No meio fica a mesa
de madeira escura com a bola de cristal. Cortinas
de renda na janela. Os postigos estão
fechados. O que tem dentro é mais bonito, lá

fora é só uma parede de tijolo. A mesa tem um tampo de vidro. As beiradas onde o vidro é cortado são de cor verde, gosto disso. A bola de cristal é grande. Mami tá na mesa, o cabelo é preto escorrendo pelas costas, os lábios que nem lábios vermelho de artista de cinema, olhos preto que nem petróleo, olhando pra mim. Ela me entrega uma bala azedinha, é minha predileta; tá derretendo na boca. Quando ela derrete eu sei que ela vai dizer xô, xô, negra, tem gente chegando. Quer dizer que uma das clientes de cara preocupada falando em espanhol sobre alguém morto, na cadeia ou nos braços de outra, ia chegar.

Mas o gosto da bala azeda fica na minha língua pra sempre. É papi que entra pela porta. Ele não diz mamita, diz Puta! Você acha que eu tô maluco. Eu SEI que tu puede. EU SEI PUTA! E ele tira a arma da calça, atira em mami pou pou pou. O cérebro dela voa da cabeça a boca abre sangue sangue sangue em tudo que é lugar. Parece que uma azeitona tá pendurada na cabeça que nem um homem num penhasco. Ela não fala nada, cai da cadeira, solta um gorgolejo, mais sangue sai da boca. O vestido, o cabelo, o tapete tá vermelho. Papi ali parado, começa a chorar.

Se eu fechar os olhos posso ver Porto Rico — algum lugar onde a água e joias azuis, palmeiras, mangas, música tipo Willie Colon o tempo todo. Mas nunca estive lá. Seria diferente se eu tivesse nascido lá em vez daqui? Ele matava ela lá em vez daqui? Qual é a diferença? Voltar? Pra onde você nunca esteve? Tô melhor aqui com o negócio da AIDS e coisa e tal. Aqui o serviço de saúde não é grandes merdas pros viciados mas é melhor do que em PR, o meu irmão diz. Ele foi pra PR morrer. Tenho amigos aqui e coisa e tal.

A Srta. Rain, senora La Lluvia, pede pra eu escrever mais, escrever sobre minha vida agora. É só eu falar mais um pouco no gravador e ela transcreve. Que vida? Lar adotivo, estupro, drogas, prostituição, HIV, cadeia, reabilitação. Todo mundo gosta de ouvir essa história. Conta mais conta mais conta MAIS sobre como é ser viciada em droga e prostituta! Puta tecata puta tecata. Mas vou dizer o que *eu* quero, é o *meu* caderno — a gente tinha uma casa legal, coisas de veludo, cortinas de renda, a bola de cristal. Uma vez eu pedi a ela, minha mão no rio preto do cabelo dela, a pele cor de caramelo, os lábios vermelhos de cinema, o perfume dela que nem um sonho rosa e roxo — mostra Mami como se vê. Ela olhou por um tempo enorme pra bola e depois disse: Ahh Negrita, você não quer saber.

MEUS ANOS DE JUVENTUDE
Rhonda Patrice Johnson

Meus anos de juventude foi passados na verdade na Jamaica que é de onde minha família é. Era eu meu irmão e minha mãe e meu pai que a gente chama de Ma e Pa. As coisas era boa lá até que Pa morreu e aí a gente não tinha dinheiro por isso a gente mudamos para os EUA. Pra mim é aí que o problema começa. O que o problema é é difícil dizer mas foi com meu irmão.

Minha mãe tinha um restaurante na 7ª Avenida entre a rua 132 e a 133 e vendia comida da Jamaica pra viagem. Eu trabalhava no restaurante desque acordava de manhã até ir pra cama de noite. Nem ia pra escola. Sabia ler e escrever um pouco mas quando a gente chegou aqui eu já tinha 12 ano e não ia pra escola há muito tempo na Jamaica. Então minha mãe disse: você já tá quase crescida então não adianta mais. Mas o Kimberton, que é o meu irmão, ia pra escola. Um monte de coisas vai pro Kimberton: roupa, brinquedo de computador. Ele é um ano mais novo do que eu. Eu lavo a cozinha, esfrego os pote, as panela, a grelha, a coisa toda! Vou com Ma no mercado grande em Hunt's Point. Vou no La Marqueta na Lexington com Ma. Faço ervilha e arroz, pão indiano, bolo de bacalhau, cozido de cabrito, a coisa toda! Pro pessoal que quisesse comer lá a gente tinha duas mesinha na frente perto da vitrine. Eu servia as pessoa.

Eu tinha 14 anos quando o Kimberton começou a se encostar em mim. Não sei contar de outro modo.

— Ma, o Kimberton tá encostando em mim.
— O que você tá falando?
— Ele tá me incomodando.
— Deixe as coisas de computador dele em paz e ele vai deixar suas boneca em paz.

Era o que ele costumava fazer na Jamaica, quebrar a cabeça ou os braço das minhas boneca. Agora eu tô falando de uma coisa diferente. Ele é do mesmo tamanho que eu. Tento brigar com ele. A gente dorme no mesmo quarto. Ele espera até que eu tô dormindo. Acordo e o Kimberton tá de pé perto de mim em cima da cama pelado que nem no dia que nasceu. O negócio dele é que nem de um jumento. Eu não quero. Minha pele fica ruim. Não sei se é por causa disso. Ganhei um monte de quilos. Sempre fui uma garota quieta, não falo NADA agora a não ser que alguém fala comigo.

Conto a ela de novo quando tô com 16 anos. O Kimberton tem 15 mas pulou uma série na escola primária por isso tá no segundo ano do ensino médio. Vai ser médico. "Você vai ser médico!", minha mãe diz pra ele. "Pra que você acha que eu tô trabalhando, pra você ser uma porcaria de um chofer de táxi?" a pergunta

que eu faço pra mim mesma é: pra que eu tô
trabalhando.
— Ma.
— O quê!
— O Kimberton tá... tá molestando comigo de
noite. — Não sei como dizer. Não posso falar
estuprar, não é isso que os irmãos faz com as
irmãs.
— Molestando com você? Que tipo de conversa
é essa?
— A senhora sabe...
— Não, não sei! Srta. Frescura.
— Ele vem pro meu lado do quarto de noite e
tem relação comigo.
Ela fica quieta quieta. Sinto o cheiro de
cozido de cabrito fervendo, ervilha com arroz.
Dá pra ver pela porta de vidro da geladeira
as garrafa de refrigerante, 7UP, Coca e tal.
— Diga o que você tá falando.
Eu digo.
Ela diz sai da minha casa agora. Eu digo
mas Ma! Ela começa a gritar sai agora o que
foi que eu fiz com o filho dela. Ela me chama de vagabunda imunda, diabo noturno. Fico
chocada. Às vezes acho que ainda tô naquele
choque.

Mas às vez é assim. Com o passar dos anos
eu descobri que a gente não pode adivinhar como
as pessoa vai reagir. Você acha que o bom sen-
so ia fazer ela ficar do meu lado. Você sabe,

mãe e filha, mas não foi assim. Ela ficou gritando que eu era a mais velha devia ter feito ele parar. O que eu acho é que ela acha que o Kimberton vai ser um grande doutor um dia e tirar ela do trabalho dia e noite todo dia. E se alguém tinha de ir embora não ia ser ele.

segunda parte
MEUS ANOS DE ADULTA

Tô com 24 anos e faz oito anos desque eu "saí" (coloco assim porque você sabe como eu saí) da casa da minha mãe. O Kimberton é dentista. Era dentista, talvez é, talvez venceu o processo — ele foi acusado pelos pais de uma menina de tentar enfiar o dedo (e quem sabe mais o quê) na xota dela enquanto devia tá consertando os dentes! Absurdo né? Ma me diz isso. Eu não vou visitar mas vejo ela na rua quando ela tá fazendo compra. A gente fala que nem que eu era a filha dela que casou e mudou ou foi pra escola de enfermagem ou sei lá o quê. Não sei, só continuo com o papo. Ma diz que é tudo mentira, os pais da menina só tá tentando extorquir ele. Mas o que eu acho é que ele colocou aquela merda dele no lugar errado. A pessoa não pode se dar bem com tudo o tempo todo com todo mundo.

Os primeiros dois anos na rua foram os pior. Quando trabalhava com Ma, apesar de eu fazer tudo, na verdade não sabia como arranjar um trabalho, falar com a previdência social — o que é isso! Assim eu só ficava por ali! Ia com homens pros bar, bebia, ia pra casa com eles, esperava passar a noite — esperava que eles não mandasse ir embora depois de eles gozar. Depois de eu ter feito isso com, ah, cinco, cinquenta ou cem caras, comecei a me dissolver. Não sei explicar de outro modo. Sou uma mulher forte, se você tivesse me olhando podia ver isso. Sarará, como diz o pessoal daqui, com um pouco de cor, como os jamaicanos diriam. 1,72m, pesada, ou algumas pessoas diriam gorda. O Kimberton (que é moreno) diz que eu pareço uma mutante, sei lá o que é isso. Mas depois de não sei quantos homem comecei a quebrar em pedacinhos e os homem pareciam engraçado, que nem tivesse vermes crescendo na pele deles, vermes que viravam pênis pequenininhos, até eu ficar cansada dos paus ambulantes do Harlem. Em todo lugar tem uma mão esfregando, um pau fazendo psst psst vem cá vem cá.

Não consigo ficar no albergue. Não consigo, é tudo casa de gente maluca. Por isso só ando pelas rua, arranjo um dinheirinho aqui e ali. Conheço um cara, ele me dá o suficiente pra pagar um quarto na ACM durante uma semana, diz pra eu ir na previdência. Verifico isso. Eles são horrível comigo, me mandam num monte de lugares diferentes pra conseguir um monte de papéis diferentes, coisas que eu não tenho condição de arranjar! Não tenho certidão de nascimento a não ser que a minha mãe tenha mas eu sei onde que eu nasci: Kingston, Jamaica, 22 de setembro de 1963. Eu digo: foda-se essa coisa da previdência. É maluquice. Saio da agência mas não antes de quebrar o nariz de uma branca. Ela me mandou pegar um cartão do seguro social. Eu digo a ela o número mas ela diz que tem que ter o cartão, vá pegar uma duplicata na agência do centro da cidade. Quando volto do centro, onde eles dizem que tinha uma agência onde eu podia pegar na rua 125, ela tá vestindo um casaco e falando que terminou o expediente, tá indo pra casa. Sabe, toda tranquila! Pra voltar amanhã que ela vai me ajudar. O que ela tá dizendo, e ela sabe, é vá passar mais uma noite em lugar nenhum dormindo do lado da morte. Fica naquele banco de praça, no metrô, num telhado — vai congelar, ser esfaqueada, estuprada; tô indo pra casa. Eu pulo e acerto aquela vaca com tanta força que todo mundo ouviu o nariz dela fazer CREC.

Na ACM uma mulher de Trinidad fala de uma vaca branca velha em Brighton Beach que ela cuida mas que vai ter que sair porque arranjou uma coisa melhor no Upper West Side pra levar os filho de um médico no parque. Ela diz que me recomenda, que eu não preciso de cartão do seguro social nem nada.

Assim eu trabalho pra velha branca com doença degenerativa e cérebro também. ODEIA preto, sempre vem com "vocês são isso" e "vocês são aquilo". Me chama de Swortkraus pra filha dela! "A Swortkraus tá meio lenta hoje", que merda será essa. Mas você sabe ela é velha e não pode fazer nada e eu perdoo um bocado. Acho que eu podia botar um travesseiro na cara dela e ninguém ia saber, ninguém ia ligar. Mas eu ia saber, além disso ia ficar sem trabalho. Saio quando ela joga, ou tenta jogar, o penico em mim (acabou derramando nela mesma) porque o neto, que ela tá pagando a faculdade de medicina da NYU pra ele, não veio ver ela quando disse que vinha. Ela é boa e maluca.

Volto pra previdência, dessa vez falo comigo mesma: ou arranjo uma grana ou vou pra cadeia. Todos os porto-riquenhos e crioulos americanos consegue alguma coisa — tem gente branca conseguindo também. Por que eu não consigo?

Os seguranças me pegam quando meus polegar tão fechando na garganta dessa diaba branca. Falam fica fria, mamãe! Não sou sua mãe! Tá tudo vermelho, vou acabar com a raça dessa branquela! Eles me arrastam, é preciso quatro. Mas não vou pra cadeia. Eles me arranja um emprego! Um dos caras pretos, que nem tem uma mesa, me entrega um cartão com um nome e um endereço escrito, diz: vai lá. Eu arranjei emprego pra cuidar de um velho branco, cheio de tubo em tudo que é canto. Ele não tá tão mal, mas é ruim. Quer que eu lave o pênis dele e coisa e tal. Em todas as paredes, quer dizer, em cada parede, tem uma foto, quer dizer, uma foto grande do Michael Jordan. Certo, 16 paredes, você sacou, 16 fotos do Michael Jordan.

Mas ele me paga. Eu consigo um quarto com banheiro, as coisas melhoram um tempo, sabe como é. Então o velho filho da puta morre. Depois de um tempo a coisa fica bem ruim de novo. Eu recebo um aviso de três dias pra pagar ou sair do quarto. O que vou fazer? Sou uma pessoa que não gosta de ficar ali sentada. Se ficar ali sentada vou ser despejada com certeza. Arranjo dois sacos de lixo bem grande e começo a ir de lata de lixo em lata de lixo catando latinha de alumínio. Até encher os sacos demora um tempo porque tem uma competição nas rua do Harlem pra pegar garrafa e lata. Mas sou forte e tô desesperada. Tô parecendo um besouro ou sei lá o quê, curvada com dois saco de lixo preto e enorme nas costa. Tô no bulevar Adam Clayton Powell que em geral eu evito porque é onde fica o restaurante da Ma, COMIDA DA JAMAICA, Pra Viagem ou Coma Aqui. Mas hoje não me importo. Não quero mais ficar sem teto. Se acontecer de novo eu posso não sair dessa. Preciso fazer alguma coisa.

Assim eu tô na avenida (que também é o bulevar) perto da rua 134, indo de lata de lixo em lata de lixo, na direção da 133. Passo pelo COMIDA DA JAMAICA. Olho e vejo uma placa de ALUGA-SE na vitrine, e perto da placa tá o Kimberton. Nossos olhos se encontra. O dele é puro choque, o meu é que nem um beijo, meu irmão! Sempre meu primeiro pensamento nele é de antes de ele me estrupar e depois a lembrança enrola que nem uma névoa. Vejo o queixo do Kimberton cair diante do horror de eu encurvada, as mãos segurando os sacos pretos. Lembro das minhas mãos ralando coco, lavando arroz, mexendo as ervilhas, lavando panelas na água fria e gordurosa, tirando o cateter do pênis do velho, limpando a merda da bunda cheia de mancha da velha Sra. Feld. Olho de volta pra ele. Não sinto vergonha. Eu podia estar morta há muito tempo. A raiva fria me enche. Os olho do Kimberton estão luzindo que nem radioativos na minha mente, os olhos de mosca dele, as mãos me empurrando na cama, anos. Anos. O Kimberton vem até a porta. Ele tá com umas roupa que custaram uma grana e deviam parecer ótimas mas ele só parece estrangeiro, magro e moreno. Não parece um homem americano como quer. Fico olhando. Esse é um cara que comeu a irmã e dizia e daí? Esse é um cara que foi pra faculdade de dentista, que se formou no ensino médio com 16 anos. Um crédito pra sua família e sua raça, diz Ma. Mas eu sou da família e da raça dele, não sou?

— O que você quer? — ele diz.

Não falo.

— Ma já foi enterrada. Ninguém encontrou você pra contar.

Ma morreu? A névoa tá baixando em mim, Kimberton vem pra perto de mim, tira uma nota de cem dólar da carteira. Pra pegar eu ia ter que botar os sacos no chão. Olho pros sapatos de couro cor de laranja do Kimberton, com bico pontudo idiota, e subo os olho até a cabeça dele que tá começando a ficar careca.

Acho melhor ir andando antes que a névoa fique forte demais para eu enxergar o caminho. Agora o Kimberton tá andando atrás de mim dizendo coisas idiotas. "Nós ficamos preocupados com você." É que nem uma baba, a voz dele, que cai em cima da névoa. "Você queria tanto quanto eu!", ele diz. Como ele pode dizer isso? Continuo andando, preciso andar muito.

É um cara no sopão, um cara asiático, defensor da Jovens Sem-Teto, que descobre que eu já trabalhei e me arranja um serviço fazendo limpeza num prédio de escritório lá no East Harlem. Arranjo um quarto na avenida Convent com um cara velho e claro que tem um daqueles apartamentos grandes de antes da guerra e aluga quartos. Diz que quando a mãe dele era dona ela alugou um quarto pro Marcus Garvey sacou? É na pensão que eu conheço Rita Romero, que está na turma, que fala comigo da escola que é como eu entrei nesse livro.

fim, não, COMEÇO

SAPATÃO DO HARLEM
Jermaine Hicks

Por que você quer ser homem?
Por que você quer ser homem
homem
homem
por que você quer ser
homem?
por que você quer ser
homem
homem
homem?

Olha, eu nunca pensei em me vestir como homem! Pelo amor de Deus, que porra é essa? Eu estava me vestindo como eu.

Eu.

Tenho 7 anos, minha mãe tá gritando:

— Depressa! Vista a roupa ou você vai se atrasar pra escola!

Com certeza o quarteirão inteiro está escutando. Ela tem uma boca igual a um trem expresso. Ela precisa sair pela porta às 8 para não se atrasar pra branca pra quem ela trabalha. Meu pai já saiu às 6 da manhã. Todo dia. Eu olho do beliche de cima para a cama do meu irmão desarrumada. O lençol é um embolado cinza torcido embaixo do cobertor de poliéster azul sujo. A

calça de veludo cotelê marrom dele é que nem
bandeiras vermelhas sinalizando alguma coisa na
minha alma de 7 anos. Pulo da cama de cima, pego
a calça e visto. Isso foi há 17 anos. A calça
não era minha mas eu sinto que devia ser. Eu...
como posso descrever um sentimento tão fundo que
parece um rio? Como um rio pode ser errado?
— Tira essa calça!
— Não!
— Essa calça é do seu irmão.
— Me dá uma igual.
— Ela não é de mulher.
— E daí!
— Tá errado!
— Por quê?
Como um rio pode estar errado
um rio que incha meu clitóris
e me preenche?

Srta. Rain, os rios, o que faz os rios
correr?
— Hein?
Um rio, o que faz ele andar, correr?
— Bom, na verdade não sei. Não estudei
rios na faculdade. Quer dizer, imagino que
seja algum tipo de gravidade, a
resistência do leito do rio à absorção;
você sabe, chuva caindo, água correndo
morro abaixo...
Um rio alguma vez corre errado?
— O quê?
Correr errado, um rio pode correr errado?
— Bom, eles transbordam, inundam...

ela ficou atarantada.
É, essa é a palavra, atarantada, a Srta.
Rain ficou completamente atarantada.
— Em 1811 o Mississippi correu ao contrário por causa de um terremoto.
Se eu não fosse fichada ia entrar pra marinha.
Ia ficar EM CIMA da água, DENTRO DA água o tempo todo!
(Eu podia ter passado na prova do DEG há meses, não, há um ano. A Srta. Rain está chateada porque eu não fiz a prova. Fazer vai significar que tenho de sair da turma.)
ainda tenho 7 anos:
um garoto me segura
embaixo da escada
que fede a urina
(com 7 anos eu diria xixi.)
tenta enfiar o pau
em mim.
tenho 8 anos:
quando ponho a língua
na boca de Mary-Mae
pela primeira vez
(embaixo da mesma escada)
9:
os dedos
10:
a língua, mas dessa vez
ponho nela
onde ele tentou pôr
em mim
13:

estou apertando ela
contra a parede
no quarto dela
a gente vai cair na
colcha de chenile
ainda rosa em alguns lugares
Meus dedos são um trem de metrô apitando
pelo túnel escuro dela
A gente vai...
PAPAI! PAPAI!
Vem OLHAR o que Mary-Mae e Jermaine tá
fazendo!
SAPATÃOSAPATÃOSAPATÃOFANCHONA
FANCHONAFANCHONAFANCHONASAPATÃO
as vozes ficam iguais às mensagens
programadas nas horas do metrô
imprevisíveis altas irritadas esperadas
mas é o pai de Mary-Mae que
me pega uma noite para me mostrar
o que um HOMEM é, o que uma mulher é
quando acordo do meu novo conhecimento
um dos meus dentes da frente se foi
O médico vai dizer à minha mãe
que o dano está feito
Não vou contar a ela quem foi

Nunca contei essa parte da minha história antes porque odeio ver os olhos quadrados deles acesos com "Ah, é por isso! Agora entendo! Sei...".

Não! Vocês não sabem! Antes de eu ser apanhada no ar que nem uma borboleta, com as asas arrancadas. ANTES de tudo isso eu tinha enfiado

meus dedos no cheiro doce de outra criança e
me ajoelhado para lamber as coxas dela. Os homens não me fizeram desse jeito. Nada aconteceu
pra me fazer desse jeito. Eu nasci sapatão!
Eu tinha 14 anos:
minha mãe é um movimento religioso. Não sei
de que outro modo descrever, uma igreja ambulante. Uma cristã tipo acorda, vai dormir, uma
punheta mental, sempre berrando. Isso me deixa doente. JESUS isso, JESUS aquilo, foda-se
essa merda.

Somos um núcleo familiar, mas pobres
nós quatro
mãe pai irmã irmão sentados em volta da
mesa branca coberta de fórmica, lasquinhas
douradas engastadas como sol no plástico branco. Estamos tomando o café da manhã, que é
sardinhas em lata postas no prato e uns biscoitos frios que sobraram de ontem à noite.
Ele foi tomar um gole de café e ela disse:
— Segundo Lucas Capítulo 9, versículo 16,
Jesus pegou os cinco pães e os dois peixes e
olhando para o céu...
E o braço dele voou que nem um palhaço de
caixa de surpresa, arrancou a Bíblia dela e
jogou na cara dela COM FORÇA. Acertou ela no
olho. Uma mancha vermelha de sangue cresceu e
se espalhou no olho dela durante sete dias.
Quando ela foi pra Emergência era a história
de mais uma mulher de cor que devia ter vindo

mais cedo na verdade não há muito que a gente possa fazer a não ser chamar os alunos da NYU pra olhar e ver como vocês são idiotas e você pode aprender a enxergar quase tão bem com um olho quanto pode ver com dois.

 Assim ficou minha mãe — um olho, nenhum homem, dois filhos e a Bíblia.

 O que dói mais do que o buraco negro da partida de papai, do que o pai de Mary-Mae me estuprando, mais do que ver a mancha crescer no olho de mamãe como um tomate radiativo, foi vê-la depois no trem D, segurando a Bíblia acima da cabeça e berrando:

 — INFERNO! Vocês vão pro inferno! A não ser que aceitem a palavra do filho único de Deus, JEZUSS! JEEEZZZUUUSSS!!! — O trem disparando pelo túnel escuro, os risos de pena e os olhares irritados dos passageiros e mamãe, olho cego, uma bola de gude cor de ranho em seu rosto cor de chocolate gritando: — JEZUS! JJEEEEEEEEZZZZZUUUUUUUSSSSS!!!!!

 estou com 17 anos:

 quando ela me pega trepando com Mary-Mae. Ela não consegue ver que a gente tá apaixonada?

 Não, não consegue.

 Começa a espumar pela boca gritando palavrões em nome de Deus. IMUNDADOENTEMEAJUDAJEZUSEUNÃOCRIEIVOCÊASSIMIMUNDAIMUNDA As palavras flutuam por cima dos nossos corpos nus como nuvens de gás venenoso. Pingam em nós sujando as pernas longas cor de cobre de Mary-Mae, o corpo liso livre de filhos. O cheiro de nosso suor, fedorento, inchado de sexo, se contrai e morre no ar.

Eu amo Mary-Mae.

Visto minha calcinha, os jeans, a camisa, os sapatos, tudo num movimento aparentemente impossível. Mary-Mae está atordoada. O gás venenoso envergonhando-a fazendo-a tropeçar. Nós saímos do quarto juntas e depois pela porta da frente do apartamento. Mary-Mae vai pelo corredor até o apartamento do pai dela. Eu continuo até chegar à rua. Nunca mais vi Mary-Mae.

Tenho 17 anos e estou livre dos meus pais. Uma menor emancipada. Quer dizer, meu pai não era difícil de achar. Morava num apartamento minúsculo no Queens onde "Eu podia ficar o quanto quisesse". Mas à noite quando ele cai no sofá-cama, do tipo que você vê anunciado no metrô por quinhentos dólares, fico num colchonete fino perto da porta ouvindo-o se masturbar. Será que ele pensa que estou dormindo? De manhã, tomando café da manhã com ovos cozidos e bolos de salmão que me lembram sardinha, ele pergunta se o chão não é muito duro. As sardinhas me lembram de como os braços dele são compridos e rápidos. O sol passando pela janela é uma mancha vermelho sangue que cobre o céu.

Assim saio para a rua naquela manhã, sozinha, como Huck Finn ou alguma merda dessas, e tem sido assim desde então — Harlem, o Village, o Bronx, Queens — conheço tudo. Trabalho de garçonete, dirijo táxi, faço manutenção. Fiquei muito bem na 126 com Madison durante três anos. Mas quero mais do que empurrar uma porra de uma vassoura ou servir comida pra outros empurradores de vassoura. Por isso voltei pra escola. Desde o primeiro dia eu sabia que devia estar na turma do DEG mas sei que nunca escreveria essa história com aqueles babacas de lá. Nunca teria ficado.

Meu rosto? Meu olho, a orelha? A Srta. Rain diz: será que você quer escrever sobre isso? Escrever sobre seis homens adultos,

Estou com 19 anos nessa época. O que posso dizer a não ser que lutei? E quando são seis homens quer dizer que você levanta o punho e tenta acertar pelo menos um antes que eles matem você. Nesse ponto eu estou com a Rita: têm umas coisas que a gente não precisa escrever. Por exemplo, qual é o som quando um punho com cem quilos atrás acerta o seu olho. Ou como o concreto não cede para lábio bochecha narina quando eles se encontram. E uma navalha, a sensação mais parecida é de frio extremo. Frio tão frio que é quente, um laser separando.

Acordo no Hospital do Harlem. Como mamãe, um olho ferrado e uma orelha também. Mas a Bíblia não me salvou. Eu me salvei. E ainda estou me salvando. Essa foi a segunda vez que os homens me levaram à escola. A única hora que não estou com uma arma é quando vou dormir, e mesmo então Mary-Mae, que é como eu chamo meu berro, não fica longe.

Ainda não acabou!

Jermaine

sem título
Precious Jones

Chuva, rodas, ônibus
carro,
só em sonhos
eu tenho um carro
eu e Abdul andando de carro que nem
nos filmes
o sol uma bola amarela vermelha
subindo sobre os morros
onde os índio vivia
praias, Ilhas
onde mora quem fala jamaicano
Bob Marley
canta
primeiro eu não entendia
mas agora entendo
a SELVA DE CONCRETO
é uma prisão
os dias em que a gente vive
pelo menos eu
não sou livre de verdade
neném, Mamãe, HIV
onde eu quero estar onde eu quero estar?
não onde EU ESTOU
na 102
descendo a avenida lex
tenho mesmo
pulmões sugo o ar
posso ver

sei ler
ninguém pode ver agora
mas eu podia ser poeta, rapper, tenho
aquarela
meu filho é inteligente
meus FILHOS
tá vivo
umas garotas em
país estrajero
têm neném mortos.
Olho pra cima às vez
e os pássaros
é que nem dançarinos
ou
que nem programados
por computador
como eles voam
é de rasgar
o coração da gente
ônibus andando
a mãe da casa diz:
JOGUE AS CARTAS QUE VOCÊ TEM.
Langston diz:
SEGURE SEUS SONHOS.
Farrakhan diz:
LEVANTE-SE, NÃO FIQUE AJOELHADO.
Alice Walker
diz:
MUDE.
A chuva cai
rodas giram
A Srta. Rain diz:
NÃO RIME SEMPRE
continue andando

entre no poema
o CORAÇÃO dele
batendo
como
um relógio
um vírus
tic
tac.

                        1991

Este livro foi composto na tipologia Minion Pro,
em corpo 11/17, impresso em papel off-set 56g/m²,
pelo Sistema Cameron da Distribuidora Record
de Serviços de Imprensa S.A